鬼面

區曼玲——著

CONTENTS
目次

一 到臨

「鬼面」的出現是在一個四月初的傍晚，雲層低厚、悶熱難當。

等著詢問住宿價錢的旅客在隊伍中不耐煩地抖腳、探頭，站在櫃檯後的老闆娘低著頭不斷翻看旅客登記簿，身旁的三歲兒子拉著她的裙角，吸著大拇指，唉哼著：「媽媽，我肚子餓！」她忙得焦頭爛額，一邊還擔心廚房裡爐子上的炒飯有沒有燒焦。

「徵人啟示到底貼出去了沒有？怎麼找個人這麼難?!」阿桂在心裡嘀咕，埋怨丈夫辦事沒效率。

「我可以幫忙嗎？」一個聲音問。

這問題來得突然，阿桂沒聽清楚，以為是面前的旅客在催促。一抬起頭，看見一個戴著風衣帽，鼻樑上一副大太陽眼鏡、側著臉的女人。跟旁邊穿短褲、汗衫、拖鞋，搖著扇子的一排人保持一大段距離。

「要房間請排隊，得等一等！」阿桂說。

「我先把垃圾拿出去丟。」陌生婦人說。

阿桂皺起眉頭，這下她真的迷糊了！

「垃圾要丟不是嗎？」婦人仍然側著臉，說完抓起堆在櫃檯邊的三大包垃圾袋，轉身走出去。

「喂……！」阿桂想要阻止，但是面前的中年男子不耐煩地插嘴說：「到底還有沒有空房間？」

「有！您等一等……」阿桂實在分身乏術，只能遠遠地用目光追蹤那陌生女子的身影。

「還要等多久？可不可以參觀一下？」男子又問。

「媽媽！我肚子餓！」兒子差點把阿桂的裙子給揪了下來。

「阿桂嫂！好像有燒焦味哦！」對面泳具店的老闆喊過來。

「哎呀！爐子的火……！」阿桂感覺自己快瘋了！

「我去看看。」又是那位陌生女子，她倒完垃圾進來。「廚房在後面是吧？」不待阿桂回答，她逕自朝燒焦味走去。

阿桂一隻手正要伸出去阻止，耳邊卻響起一陣「咕嚕嚕」轉輪搭配著紛亂的踢踏聲——一團從香港來的旅客正好滾著行李箱進來，高八度又快速的廣東話頓時充滿整個大廳：

「快D去果邊睇睇，快D行！」有人催促著導遊。

「你唔好急！」

「房的光線要好一D，唔好系牆角上的房。」

「我最好要高層嘅三四樓。」

阿桂一聽見廣東話就頭昏腦脹，她的眼珠往上一翻，吐出一口氣，自言自語道：「無法度了啦！難不成我是三頭六臂?!」

還好那位導遊的國語還算差強人意，房間也早已經訂好。阿桂把一串鑰匙交給導遊，急匆匆地說：「三、四樓，電梯在那兒！」像趕蒼蠅一樣趕緊把他們打發走。

等到這一波人潮底定以後，一個鐘頭也過去了。阿桂癱軟在椅子上，心想：「阿良到底在幹什麼？再不找人來幫忙，我可受不了了！」腦袋一放鬆，她才驚覺：兒子呢？剛才不是還拉著她裙角喊肚子餓嗎？現在人跑哪去了?!

「皮皮、皮皮！」她四處尋找，同時嗅覺也回來了：怎麼旅店裡瀰漫著菜香？阿桂走進廚房一看，發現兒子滿足地扒著飯，小小的圓桌上擺著青椒炒肉絲、麻婆豆腐、一盤煎魚，外加一碗番茄蛋花湯。那位陌生女子正靜靜坐在皮皮旁邊。

「妳煮的？」阿桂驚訝不已。

陌生女子點點頭，目光仍然沒有從孩子的身上移開。「爐上的炒鍋正熱，旁邊還有切好的菜……要下鍋不是嗎？」

「麻婆豆腐我可沒準備！」阿桂不知道自己該如何反應。

「妳兒子——叫皮皮是吧？——說想吃，我看見冰箱裡有材料，就自作主張炒了一盤。妳……」陌生女子抬起頭來，「不介意吧？」

阿桂正好低下頭去看在扒飯的兒子，摸摸他的頭，「好吃嗎？」

「嗯！好好吃！」

阿桂想說：「當然介意！妳是什麼人？跑來攪局、下毒怎麼辦?!」但是兒子吃得這麼開心，要不是這女人即時的幫助，她還真不知道該如何同時應付這許多事！而且她本能地感到這個女子似乎沒有惡意，於是把已經到口的責問又給吞了下去。

「妳是……？」阿桂問。

「我在報上看見你們登的徵人啟示。」

阿桂點點頭。「有任何旅館的實務經驗嗎？」

「沒有。」

「那妳想來做什麼？」

「什麼事都行。鋪床、刷馬桶、煮飯、打雜都可以。我沒有任何要求。」

「我們可是不供吃住的哦！」

「不用！我在鎮上租了一個房間，離這裡近，來回很方便。」

「這裡事情多，上班時間不固定，妳得很有彈性。」

「沒問題！」

阿桂看看兩頰塞著鼓鼓的菜、正在吃第二碗飯的兒子，再聞聞滿室的菜香。「至少她菜好像燒得不錯。」她心想。

「明天就開始，可以嗎？」阿桂問。

女子點點頭。

第二天女子再度出現，阿桂就後悔了。

昨天的烏雲退去之後，藍藍的天空，絢爛的陽光從窗外揮灑進來，將屋裡的一切照得清清楚楚。女子脫掉風衣帽，挽起及肩的頭髮準備打掃時，阿桂這才看清昨天躲在陰暗無窗的廚房裡，以及一副大墨鏡後面的真相：這女人左半邊臉的皮膚焦紅、佈滿一節一節的皺褶，媲美一幅山巒起伏的立體地圖，又像極了爬滿樹根的乾硬土地；眼瞼受到波及，眼睛只能張開一半，眉毛則完全不見了！這還不夠，從脖子到胸前，也是半紅半紫的傷疤，彷彿鴨蹼，一路歪歪扭扭地爬下去。

「難怪又是帽子又是墨鏡的——實在嚇人哦！」阿桂不禁露出厭惡的表情。

「妳……這個樣子……」阿桂皺緊眉頭，心想如果現在叫她走，應該還來得及。

陌生女子手拿著掃把，停下來，直視阿桂；反倒是阿桂被逼得垂下眼簾。

「我們只是家小民宿……不能把客人嚇走！」

「我會在客人來之前或走之後打掃房間，不跟任何人打照面；或是在廚房裡做飯……。」陌生女子彷彿在跟自己說，「妳放心，我知道如何避免人群。」

阿桂憶起昨天的忙碌勁兒，想到今天又有兩團陸客要過來。達良說他們在網上訂房時，一直討價還價，要求這兒不滿那兒的，想必很難伺候。而眼前除了這個可怕的面孔，就沒有其他的應徵者了。阿桂即使有一千個不願意，也只好點頭答應。

「先試用一個月。」阿桂故做好心的樣子，「如果有客人抱怨，就別怪我沒給妳心理準備！」

陌生女子叫蘇謐，四十來歲。一個月的試用期還沒過，就成了阿桂不可或缺的左右手。對外，蘇謐像個隱形人，神出鬼沒，手腳乾淨俐落，工作在神不知鬼不覺間完成。她還幫阿桂處理了很多瑣事，包括孩子的吃喝拉撒睡。皮皮對蘇謐臉上的傷疤一點也不在意，尤其喜歡她做的飯菜。蘇謐才來不到三星期，皮皮原本削瘦的臉頰漸漸變圓潤，胖了兩公斤！

一天下午，當阿桂搖著扇，坐在屋前納涼時，對街的阿修好奇地過來聊天：

「怎麼？這麼閒啊？沒生意嗎？」

「好得很哪！」阿桂得意地說。「兩、三團香港人，連續兩個禮拜客滿！」

「那妳怎麼有閒情逸致坐在這裡享受？」

「我好命嘛！有人幫忙啊！」

「誰啊？怎麼沒看見人影？」

阿桂用扇子遮著嘴，神秘兮兮地說：

「不能見人的啦！『鬼面』一個，把你嚇死都會！」

「真的哦？怎麼會這樣？」

「天曉得！那個臉皺得！可能被燒過。」

「啊！是不是每次都穿一件風衣，戴著帽子，不管有沒有太陽，鼻子上都架著一副墨鏡的人？」

「對啦！就是她！」

「我還在奇怪：怎麼每天一早就有一個女人神秘兮兮、遮頭遮臉地跑進你們旅舍？原來是你們新請來的幫傭！」

「她叫蘇謐，外省人，話不多，主要是她手腳快、從不抱怨。」

「跟『眼鏡仔』不一樣是嗎？」

「別提她了，那眼鏡仔，老油條一個！以為做久了，就可以耍賴！害我們損失不少，你知道嗎？」

「怎麼說？」

「做事馬虎、不仔細不說，還遲到早退，吩咐她多做一件事，她的嘴就嘟得半天高，擺出一副臭臉。直到客人氣沖沖過來抱怨，說我們浴室的水槽裡有死蟑螂、浴缸裡有鞋印、馬桶不乾不淨、枕頭上有頭髮加臭味……。害得我們家阿良打躬作揖，忙陪不是。你知道的嘛，這話要是傳出去，我們還要不要做生意啊?!」

「難不成『眼鏡仔』拿錢不做事？」阿修問。

「就是啊！你說過不過分？這種人哪能留？」阿桂的氣仍未消。

「後來你們怎麼封客人的嘴？」阿修很好奇。

「還能怎麼辦？免費升等啊！把房間由二樓改到三樓，再從朝街轉成面海，給八折優待，好不容易才把客人的嘴堵住。你也知道：做我們這行的，聲譽比什麼都重要。我們家老公氣炸了！當天就要「眼鏡仔」走路，把她掃地出門！」

「講到聲譽，你們不怕那個新來的會把客人嚇走？」

「還好啦！她盡量避不見面。我原本打算等找到人之後，就把她換掉；但是現在也習慣了。她挺勤快的，就當是救濟一下人家吧！」

「唉呦！妳阿桂老闆娘還真好心啊！」

「么壽！鄰居做這麼久了，我好心你現在才發現啊？」阿桂用扇子朝阿修的頭打去。

「說不定人家才不稀罕妳的救濟。」

「怎麼會不稀罕？憑她那『鬼面』，誰會要她?!」

從此，「鬼面」就成了蘇謐在街訪鄰居間的代名詞。

二 裘加

達良和阿桂除了皮皮之外，還有一個女兒。裘加今年十八歲，長長的頭髮，深邃的雙眼，外加嬌嗲的聲音，是父母的掌上明珠。因為這個寶貝女兒在台北念書，所以他們夫妻倆平日就在台北的住家和墾丁的旅舍之間奔波。

當年達良離開在墾丁經營民宿的父母，為了念書，寄居台北的親戚家。當完兵後，靠父母的資助和朋友合資開電腦軟體公司。無奈老闆的位子還沒坐熱，公司就因為經營不善被迫關閉。達良從來沒有投履歷、找工作、等待面試的經驗。何必呢？公司開不成，還能回家吃祖產不是嗎？剛好他母親在墾丁物色到最後一塊建地，因此先向銀行大舉貸款，在原先已有的民宿之外，再買下空地，蓋起四層樓的房子。

「這間新樓，就由你來經營。」達良的母親像移交禮物一般，把房子登記在達良名下。從此，達良便從電腦公司老闆，搖身一變成民宿老闆，人前人後一樣風風光光。

這幢新樓一共有二十個房間，構不上氣派的大飯店，但也算是棵搖錢樹。達良有個當建築師的舅舅，在族人的號招下，發揮客家人一貫團結、內舉不避親的優良傳統，幫達良從裡到外裝潢新樓，並從南洋進口原木做客床和裝飾，讓每一間房都擁有不同的風格與氣氛。

開幕當天，旅舍門口張燈結彩，櫃檯兩邊放著象徵吉祥的兩大盆桃紅色蝴蝶蘭，以及一個據說能帶來好運的巨型水族箱，一隻隻五彩的熱帶魚在漂搖的水草間穿梭。

全新的民宿美輪美奐。碰上寒暑假、過年或連續假日，旅店總是爆滿，一房難求。尤其近幾年中國開放觀光，香港、大陸的旅客蜂擁渡海來台，一年到頭幾乎難有喘息的時間。

達良即使不住在墾丁，也免不了來回奔馳在台灣南北高速公路上。

阿桂也沒有閒著。櫃檯的招待、房間的分配與定價，以及最重要的收費事宜，常常都是由她負責。她最享受數鈔票時的快感；只是，她不太確定：近兩年來迅速增加的白頭髮，是否與煩惱那些鈔票的多寡有關。

「裘加啊！暑假換妳下墾丁幫幫忙吧！」阿桂對女兒說。

「幹嘛？爺爺不在嗎？」裘加一聽見「幫忙」，便嗅到「責任」二字，不敢馬上答應。

「妳爺爺年紀大了，腦筋不靈光；而且體力上也負荷不了太多的工作。」

「奶奶呢？」裘加一出口，就知道問也是白問。眾所週知：她的奶奶是夜行動物，晝伏夜出，頂多在半夜三更跟夜歸的客人抬槓，或是在旅店未客滿時，站在大街上叫客，其餘的事一概不管。

阿桂給裘加一個白眼，搖搖頭。

「人家好不容易考上大學耶！大氣還沒喘一下，就要被叫去當苦力！」

「妳太誇張了吧！」阿桂說，「什麼苦力？吃重的事又不用妳來做。我已經找到人來打掃房間，妳只要幫忙看看店就行。跟客人說明青年活動中心在哪裡、哪裡有出租水上摩托車什麼的。」

「爸不是答應讓我去澳洲玩嗎？」

「跟妳解釋過了：時間太趕，訂不到機位。明年暑假再補給妳。」

裘加嘟著嘴，心不甘情不願。她可是考上第一志願的高材生哪！而且還是將來可以做律師、法官等「前途無量」的法律系。爸媽答應給的獎品——出國旅遊——跟她考前付出的努力根本不成正比！現在這張支票還要延後兌現，真沒意思！

阿桂沒有忘記學測、指考之前的緊張與壓力。女兒整天繃著臉，不講話也不理人。阿桂不敢看電視，達良連翻報紙都盡量小聲，怕吵到敏感的裘加。好不容易熬過來，放榜了！裘加開始講話，也會笑了，全家也跟著「解嚴」。女兒考上好學校，他們也與有榮焉，送她出國旅遊不是問題，只是時機不對。

「墾丁有什麼不好？去放鬆一下，散散心嘛！別人可是擠破頭一房難求，妳別身在福中不知福。」阿桂試著說服。

「那妳呢？」裘加還是心不甘情不願。

「妳沒看皮皮還在生病啊？他的燒還沒退，我得留在台北照顧他。」

媽媽不去，爸爸在台北有應酬；也就是說，她在那兒沒人管，就是「放牛吃草」啦！想想倒也不錯。裘加開始動心。

「每天下午一點到三點，還有傍晚五點到八點是客人最多的時段，妳必須在櫃檯守著。」阿桂交代。

「什麼啊？」裘加大聲叫起來，「那我哪有時間出去啊？」

「怎麼沒有？妳不要誇張好不好！反正妳不到十二點不起床，晚上也不能在外面晃到太晚，每天顧店三、四個小時，又不會要妳的命！」

「人家在放暑假耶！我是去度假，又不是去勞動！」

「度假同時順便工作，有什麼不好？家裡的生意妳幫忙一下，去澳洲的錢才有著落！」

一聽到澳洲，裘加就噤聲了。她期盼去那兒拜訪已移民的好朋友珍、去抱可愛的無尾熊、參觀美麗獨特的雪梨歌劇院。這些都是不小的開銷；還有，她還想出國留學呢！爸媽沒錢還真是不行！好吧！那就犧牲自己，勉為其難「下海」吧！誰叫自己是長女，弟弟的年齡又那麼小呢！

說是勉為其難，倒也沒那麼嚴重。裘加在答應的同時，心裡已經打好了如意算盤：可以趁機和男朋友享受一下兩人的世界。

崇輝是裘加的高中同班同學，戴著一副深度近視眼鏡，額頭和臉頰上佈滿紅紅的青春痘，皮膚黝黑，又瘦又高，像支竹竿。

裘加做夢都沒想到會和這個不起眼的男孩成雙作對。她原本喜歡的是隔壁班那個會作詩畫畫，魅力十足又風度翩翩，並且擔任三個社團負責人的校園風雲人物凌雲。可恨的是，裘加愛，別的女孩也愛。即使知道裘加是凌雲的女朋友，還是有許多其他女孩自動投懷送抱。而凌雲被眾星拱月慣了，也不排斥和別的女孩調調情，展現自己的風流倜儻。

有一次，凌雲明明答應在晚自習之後送裘加回家，結果裘加在校門口枯等了三十分鐘，才看見他和一個瀏海半遮面，短裙下露出修長雙腿的女孩一起漫步走來，兩人還一邊打情罵俏。面對裘加的質問，凌雲雖然嘴上說抱歉，卻不時和那女孩擠眉弄眼。他隨便敷衍裘加兩句，在意的只是那個在說「拜拜」時給他一個飛吻的女孩。裘加不依，大吃飛醋，沒想到凌雲竟然反脣相譏：「要做我的女朋友，就別太小心眼。妳知道：後面排隊的人多的是！」

這點裘加不是不知道，但是凌雲氣燄這麼囂張，一點都不憐香惜玉，也未免太過分了！裘加以淚洗面，想快刀斬亂麻，斷了這份感情；但是她一想到他的風光、才氣，就忍不住死心塌地地愛著他。

「也許他會改變，只要我耐心地等……」裘加不斷盼望有朝一日凌雲會了解她的苦心。

然而，最終袭加還是死了心。壓死駱駝的最後一根稻草，是那樁「手機事件」：

在上次凌雲因為把妹而遲到之後，袭加決定再給他一次機會。當然，事後凌雲發動的鮮花攻勢也不無幫助。倆人重修舊好，更加情意綿綿。沒想到沒過幾天，他們倆相約去台北101，就在袭加因為喝太多果汁猛跑廁所的當兒，凌雲借用她的手機上臉書，結果忘了登出，讓袭加意外發現他和另一名署名Sweety的聊天內容：

「你怎麼這麼閒？」Sweety寫。

「寂寞啊！」凌雲大言不慚。

「女朋友不理你了？」

「什麼女朋友？」

「那個瓜子臉、頭髮長長的，不是你的女朋友嗎？」

「早分了！她的大小姐脾氣，誰受得了？還是Sweety比較sweet！」

「所以說，你現在不是『死會』嘍？」

「本來就不是！好不好？」

裘加氣得差點把手機往牆上摔！幸好她即時想到手機是自己的，摔壞了也是自己倒楣，於是在丟出去之前的一秒鐘止住了這個破壞行動。

「你這個狼心狗肺！怎麼這麼不要臉?!」裘加與凌雲對峙，破口大罵。

「我大小姐脾氣是嗎？你還沒見識過！」她把放在旁邊的花盆拿起來，朝凌雲的頭砸去！還好凌雲躲得快，才沒出人命。

「你給我滾！我再也不想見到你，你這個大騙子！」

想到被自己的男朋友在別的女孩面前糟蹋，裘加不禁淚水縱橫。

當晚，她將那到處亂劈腿的花心男子寫給她的情書、畫給她的素描全部付諸一炬。阿桂聞到煙味，跑到後陽台一探究竟。只見裘加一把鼻涕一把眼淚，一張紙一張紙地餵食熊熊的火焰。

「妳幹嘛？」阿桂話還沒說完，裘加便轉身跑走，「碰！」地一聲把自己關在房裡。

之後的一個星期，裘加的雙眼紅腫。大約一個月的時間，她魂不守舍，吃飯沒胃口、念書不專心。達良和阿桂看得心急，除了心疼女兒之外，還擔心她的課業。

「妳看！不是叫妳要看好她，上大學之前不能談戀愛的嘛！」達良埋怨妻子。

「怎麼怪到我頭上了？」阿桂不甘示弱，「你把女兒寵成這樣，她誰的話都不聽、誰都不怕。再說，女孩子長大了，沒人追你才要擔心呢！」

「還好距離學測還有一段時間，不然考不上大學就糟了！」

果然，裘加的成績一落千丈。達良和阿桂急得直跺腳，但是又不敢給女兒施加壓力。每晚，夫妻倆相對無語、各自嘆氣。除了耐心等待，實在無計可施。

這情況持續了好幾個月，直到學期快結束時，才稍有改善。臉書上一堆熟或不熟的朋友給裘加加油打氣、同仇敵愾，連袂撻伐那個負心漢。等到暑假結束，裘加才從失戀的情傷中慢慢恢復過來。

這時，在一旁守候已久的崇輝，得以用一把吉他和一首自創的歌，將裘加的心擄掠。

達良和阿桂一方面高興女兒再度展歡顏，會自動叫肚子餓；另一方面，又擔心這會兒再出樓子，女兒考大學一定名落孫山。於是跟她約法三章：一切以課業為重，交男朋友可以，但是不能只顧談戀愛，每天必須準時回家，而且成績不准退步。

約定歸約定，有用嗎？女兒會遵守嗎？達良和阿桂還是忐忑不安。直到有一次崇輝送裘加回家，他們見著這個老實敦厚的大男孩，看見他對裘加百依百順、溫柔有加，沒一事敢違拗她。而裘加像個發號司令的皇后，對他頤指氣使，崇輝也不介意。

阿桂看在眼裡，心裡暗喜。放心了。

「她啊，不要欺負人家就好嘍！」阿桂睡前在丈夫耳邊嚼舌根。

「妳懂什麼？女孩子還沒追到手，男人都是卑躬屈膝、言聽計從的。」達良不以為然。

「我知道，又不是笨蛋！你以為我不懂你們男人那一點小伎倆？」阿桂說。「不過這個叫崇輝的，看起來蠻忠厚老實的，應該不會耍花心才對。」

「就算沒有失戀的危險，妳還是要多注意！規定她下課一定得準時回家，功課、考試都要準備妥當……，還有，每天上網、傳簡訊的時間不能超過一個小時。」

「知道啦！」

在父母的嚴格監督與升學考試的雙重壓力下，裘加和崇輝的愛苗只能慢慢成長。情慾的克制對十七、八歲的年輕人來說，是個極大的考驗。好在他們的目標明確，而且達到目標的路程不長：再一年，只要考上大學，便自由了！

七月中，裘加和崇輝通過指考和面試，雙雙上榜。不同的是：裘加考上台北的第一志願，崇輝的成績卻只搆得上中部的一所私立大學，而且念的是沒啥前途的社會學。

管他的呢！自由了！現在起，不管做什麼事，誰都管不著！

崇輝提起吉他，背著相機，在開始大一新鮮人生活之前，陪著裘加下墾丁。裘加喜歡在鏡頭前搔首弄姿，他也樂於記錄下女朋友的巧笑倩兮。

「妳知道，」阿桂看見裘加在打包南下的行李，提醒說，「我在店裡請了一個新幫傭，長得比較奇怪，避開她就是了。」

「嗯！」裘加心不在焉，在衣櫃裡四處翻找，「妳把我那件黃色襯衫放到哪去了？」

「我可沒去碰哦！洗好之後放在妳床上，誰知道妳把它丟到哪裡去！」

袞加整個人埋進衣櫥裡，把裡面的襪子、長褲、睡衣丟了一地。「沒在這兒啊！煩死了！跟妳說這衣櫃不夠大，妳還不信！東西找都找不到。」

「妳不好好整理，衣櫃再大都沒用！」

「在這兒啦！」袞加滿臉通紅，把襯衫拉出來。「被擠到後面去了，難怪找不到！」

「大小姐！在墾丁妳可不能這樣，得把邋遢的個性改一改。總不能叫爺爺去幫妳收拾房間吧？」

「我去住地下室那間，閒人免進！」

「妳自己跟爺爺說去！」

爺爺那邊，袞加倒是用不著擔心。經營旅舍這麼多年，青年男女成雙結對，來旅館開房間的多得是，老張已經司空見慣，見怪不怪了。尤其近幾年，墾丁越來越熱門，外國人激增。陽光、海灘、高溫，符合一切熱帶風情、度假享樂的條件。街上，人人短裙、短褲、拖鞋，休閒自在。到了晚上，各家夜店閃著霓虹燈，為了招攬客人，甚至在店前搭起舞台，放著震天價響的音樂，台上不乏金髮碧眼、只穿著一條又小又緊內褲的洋人，扭腰擺臀，大跳猛男秀！

「我老了，時代不同了。」老張無奈地說。

對自己的孫女，他又能怎麼樣？他能一方面租房間給裘加同年齡的年輕男女，另一方面卻禁止她與男友同居一室嗎？再說，裘加從小不在他身邊長大，又伶牙俐齒，兩人若爭論起來，自己肯定辯不過她。她要怎麼做，他能拿她奈何？

當裘加牽著崇輝的手，說爸媽安排她住地下室那間空房間時，老張只能睜一隻眼、閉一隻眼，什麼話也沒說。

到達墾丁的第二天，裘加和崇輝打算去國家森林看鐘乳石。為了躲開中午的豔陽，兩人特地早起，希望能在中午以前出發。

老張替他們準備好一輛出租機車，囑咐他們騎車小心。崇輝啟動馬達、迎著風、載著女友，好不開心！他摸摸抱在自己腰上的裘加細嫩的手，突然一驚：「相機妳有拿吧？」他答應今天要替裘加拍個人寫真集，特地準備了數位單眼相機，外加三個長短不同的鏡頭，放在一個大大重重的袋子裡。

「沒有啊！不都是你拿在手上？我根本沒去碰。」裘加從他身後喊過來。

「糟糕！會不會忘在櫃檯上了？」崇輝開始緊張。那一袋相機配備，可是他省吃儉用、存了好幾年的壓歲錢、外加跟父母借貸的寶貝，是他身上唯一值錢的家當。

「哎呀！現在旅客正多，萬一被人順手牽羊怎麼辦？」裘加也急了。

「你怎麼這麼不小心?!」

說時遲，那時快，崇輝將車身一轉，急奔回旅社。

車子一停妥，裘加馬上跳下來，一個箭步跑進旅舍。老張剛好坐在大廳的藤椅上抽煙，一副很清閒的樣子。看見裘加旋風般的身影，問道：

「怎麼回來啦？」

裘加摸摸一塵不染的櫃檯，焦急地問：「爺爺！你有沒有看見一個黑色的袋子？」

「黑色的袋子？」老張一臉困惑。「沒有啊！妳放在那兒？」

這時崇輝停好了車，急奔進來。

「我好像放在櫃檯上，一時匆忙，忘了拿。」他說。

「沒有耶！多大的袋子？長什麼樣？」老張關心地問。

崇輝試著用手比了比袋子的大小，裘加沒耐心跟爺爺多解釋，她查看櫃檯的內部，仍然不見袋子的蹤影，於是逕自朝地下室的房間跑去。

突然，一聲淒厲的尖叫傳出來，差點把大廳裡的老張和崇輝嚇出心臟病！

原來，裘加在樓梯的轉角處遇見了蘇謐。她左手拿著拖把、右手提著水桶，頭髮用頭巾裹著，露出臉頰至脖子上的傷疤。裘加當時急跑著，跟倏然出現在黑暗處的蘇謐迎頭撞個正著！

「啊！」裘加嘶吼，被蘇謐扭曲怪異、皺巴巴的面容嚇得魂不附體。

「妳是誰啊?!」

蘇謐沒有直接回答裘加的問題。她抹抹身上被桶子裡灑出的水濺溼的圍裙，平靜地說：

「你們的袋子在房間裡。」

等到老張和崇輝循聲趕來，蘇謐已經準備轉身離開，留下站在原地，兩眼發直、雙手捂住嘴巴的裘加。

「發生了什麼事？」崇輝瞥見蘇謐的背影，不解地問。

「怎麼叫這麼大聲？」老張語帶責備。

「見鬼了啦！」裘加對著爺爺大吼。「那個人是誰？」

老張連忙把裘加拉到一邊，安撫說：「新來的啦！妳安靜一點，不要把客人嚇到了。」

那天傍晚阿桂打電話來詢問店裡的情況，裘加毫不客氣地跟母親大聲抱怨：

「全台灣的人都死光了是不是？怎麼找一個這種人來店裡？」

「我不是跟妳說過了嘛？她長得不好看，但是作事很勤快。」

「豈止不好看而已？我差點被她嚇死了，妳知不知道？」裘加越說越激動。「還以為是佛地魔現身了！」

「誰是佛地魔？」阿桂對年輕一代流行的書和電影完全不熟悉，女兒機關槍式的連續砲火實在讓她招架不住。

「哈利波特的死對頭啦！連這個都不知道！」

「不管了！我不是跟妳說過了，店裡新來的人是個『鬼面』嗎？妳怎麼沒有一點心理準備？」

「怎麼準備？」裘加惱怒起來。「她長得人不像人、鬼不像鬼，連『侏羅紀公園』裡的恐龍都沒有她可怕！」

此時蘇謐正好走出來準備收工回家，崇輝拉拉裘加的衣服，示意要她講話小聲一點，免得被蘇謐聽到。裘加不在意，將崇輝的手甩開，看見蘇謐出來，仍然沒有好氣，依舊大剌剌地朝話筒裡說：

「如果我一個人待在這裡，不天天作惡夢才怪！」

裘加的每一字、每一句，蘇謐都聽見了。她低著頭，拉拉肩上的背包，朝門外走去。

那些尖酸刻薄、毫不留情的評論，蘇謐難道沒有聽過嗎？裘加只是把她心裡的感受直接了當地說出來罷了。那些嘴上不明說的人，難保他們心裡不這麼想。事實上，在見面的第一瞬間，人們肢體上不自主的當下反應——皺起的眉頭、瞇起的眼睛、微偏的頭、向後一閃的身子——道盡了蘇謐這張臉造成的恐慌。別人臉上的表情，在她看來，就像一面照妖鏡。即使事後有人會費力地表示和善或禮貌，都抹煞不了那第一個反應所表達的厭惡與噁心。

她知道自己的外表嚇人，因此躲避人群、縮頭縮尾成了她的拿手本事。在裘加和崇輝住進來的前一天，老張就知會了蘇謐：孫女將帶男朋友來度暑假，地下室的那間房給他們用，暫時不出租，也不用每天急著打掃。

裘加也許沒有注意到蘇謐，但是她的一言一行都逃不過蘇謐慣於觀察的雙眼和靈敏的耳朵。蘇謐知道那天他們吃完早餐之後，裘加一路催著崇輝，要他動作快一點：

「你在幹嘛？」裘加已經走到旅舍的門口，不耐地朝崇輝大叫。「再不走，太陽就太烈，照相怎麼會好看？我可不想被晒黑！」

「等一下，我拿些國家公園的資料。」崇輝端詳放在櫃檯上的免費旅遊資訊。

「拿什麼資料啊？我當你的導遊還不夠啊？」裘加要發火了。

崇輝被催得心煩意亂，隨手抓了一個單張，趕忙追上裘加。

那個裝滿貴重相機和配備的袋子，就這麼被遺忘了。

他們前腳出門，蘇謐後腳就過來，把櫃檯上被弄亂的國家公園旅遊資料整理好。她一眼瞧見那個大袋子，馬上就明白是裘加和崇輝忘記的東西。為了不讓其他的旅客順手偷走包包，蘇謐立刻將袋子放回他們房裡。

事後，沒有人追問事情的原委；裘加沒興趣知道，崇輝則以為袋子一直就是放在房間裡，根本沒拿出來。蘇謐也不想解釋，她不希望再次面對裘加，再看一次她對自己的厭惡。

「呦！你有沒有看見她的嘴？連我阿嬤的都比它好看！」裘加的評論仍然迴盪在蘇謐的耳畔。

蘇謐摸摸自己的左上唇。是的，裘加說得沒錯！它現在真是又焦又皺，和周圍的皮膚——如果你還能稱那些疤紋為皮膚的話——連成一片，分不清界線、看不出差別。

曾經，她的雙唇是五官中，最受人讚賞、最令她得意的部分：適當的大小、勻稱鮮明的線條、向上彎的曲線，豐厚卻不失肥大，即使不擦口紅，仍然透露深紅的滋潤。

「妳的嘴好看！」她的父親曾經這麼說。而這句話，是她記憶中父親給她唯一的直接讚美。

蘇謐故意避開牆上的鏡子，看見外面夜幕已低垂，她戴上帽子，拉高衣領，朝深夜走去。

三　阿修

「老張！昨天你們店裡怎麼回事？大吼大叫的，我們隔著街都聽到了！」阿修過來詢問。

「沒什麼！」老張頭一仰、手一揮，「我那個孫女袠加啦！」

「她回來了？」

「就是啊！考上了大學，可以交男朋友了，小倆口下來玩。」

「為什麼事叫那麼大聲？我要不是因為店裡剛好有客人走不開，否則早就跑過來了哩！」

「哎呀！」老張的聲音放低，「還不是為了那個『鬼面』嘛。給嚇到了啦！」

「鬼面？」阿修不解。「她不知道你們店裡有這個人？」

「知道是知道，她媽媽也警告過她；但是你也見過『鬼面』，」老張的聲音放得更低了，「那張臉，的確挺嚇人的！」

「就算再嚇人，也不能叫那麼大聲，不是很不給人家面子嗎？」

「就是說啊！這孩子，從小嬌生慣養，任性得很。」

「她的男朋友可有苦頭吃了！」

「那男孩看起來乖乖的，挺守規矩。」

「一定是被你們裘加馴服了。女朋友兇巴巴的，男孩子如果也火氣大，哪能在一起？」阿修一副過來人的口吻。

「這年頭啊，年輕人的事我們反正管不了。你沒看來住宿的男男女女，胡搞瞎搞的一大堆。你在這裡開泳具店這麼多年，一定也見多了。」

「那『鬼面』怎麼說？裘加的反應也未免太明顯了！」

「她什麼都沒說，這就是這個人的好處。她來了快半年了吧？『惦惦呷三碗公』，總是悶頭做她分內的事，又快又好。現在店裡沒她還真不行！」

「你媳婦阿桂也這麼說。可是，」阿修不禁好奇，「這個人到底是什麼來路你們知不知道？」

老張搔搔頭，「不清楚耶！」

「你有沒有注意到：她手上戴著一枚戒指？」

「戒指？女人戴戒指有什麼好大驚小怪？」

「不是隨便的戒指哦！好像是婚戒。」

「你怎麼那麼清楚？」老張狐疑。

「上個星期我站在店門口把新進貨的夾腳拖擺好，突然覺得有東西一閃一閃的，很刺眼。我轉過去一看，才發現『鬼面』正好在你們門前掃地。那個金光，是太陽照在她手上的戒指反射出來的。」

「那也不奇怪吧！不過，」老張想了一下，「做事手上還戴著戒指，不會不方便嗎？」

「就是啊！她那個戒指不是女人愛漂亮戴的那一種。我仔細看了一下，她戴在右手的無名指上，很樸素的一款，應該是一枚婚戒。」

「婚戒？」老張狐疑，「不會吧？沒聽說她有老公啊！而且我們這兒，誰時興戴婚戒？項鍊珠寶都是下聘、結婚時擺出來炫耀一下，然後就收進保險箱裡的不是嗎？」

「你看我！」阿修張開左手手掌，亮在老張面前。「我這不就戴著？」

老張將那隻手抓過來仔細一瞧，「你不說我還沒注意到。咦！你老婆不是死了好多年了？」

「沒法度！變胖了、手也粗了，」阿修試圖移動戒指，戒指卻一動也不動。「像鑲在指肉裡，拔不下來了。」

「得想想辦法吧！總不能一直戴著啊！」老張拍拍阿修的背，「不然即使有女人對你有興趣，也會打退堂鼓啊！」

「這樣也好，省得有人嘮叨，落得耳根清淨。我都快半百了，不適合再婚了！」

其實，阿修的話只有一半是真的。

他確實看見蘇謐在門前掃地，她手上的戒指也確實反射著陽光；但是阿修沒提到的另一半真相是：那是他第二次看見那枚戒指。

第一次，是在小巷中。

豆豆把他引進去的。

為了追那隻跑進他店裡撒野，叼走擺在門口的海灘鞋的小貓，阿修一路追趕：繞過隔壁海鮮店的水族箱、釣具店門口的假人模特兒、飾品店的長桌，甚至過了馬路，追到對街來。小貓的動作敏捷快速，一溜煙就不見蹤影，阿修追得氣喘噓噓。

「在那兒！」看熱鬧的人當中，有人指著達良旅舍旁邊的一條窄巷，對阿修大喊。

阿修聞聲望去，剛好看見小貓那條酷似老虎紋路的尾巴正轉進那條巷弄中。

「好傢伙，看你要躲到哪兒去！」阿修已經上氣不接下氣。

與其說是為了那區區一隻值不了多少錢的海灘鞋，倒不如說是因為阿修關心、在意這隻不起眼的小貓。五年前，阿修的妻子因為血癌過世。喪事才辦完沒多久，豆豆就不知道從那兒突然冒出來。墾丁這個地方，流浪的野貓野狗不足為奇；但是說也奇怪，這隻身體雪白、有條棕黃相間的尾巴、看起來不過幾個月大的不速之客，躡手躡腳地走來，對阿修發出輕柔的喵喵聲。阿修以為是這條街上哪家小孩新養的家貓，跑過來探勘新環境，因此沒有趕牠，順手把吃剩下的小魚乾丟給牠解解饞。

小貓走了之後，隔天又來，隔天的隔天又出現。後來，牠乾脆不走了。阿修看牠敏銳又機伶，喜歡挨在他腳邊，磨蹭著撒嬌。他把小貓抱起來，順順牠柔軟的毛。突然，一股深沉的安慰襲上心頭，好像兩個寂寞的靈魂找到了依偎、彼此作伴。小貓不多言、不詢問、不指責，彷彿上天派來的天使，安慰他失去妻子的落寞。

漸漸地，阿修每一開店門，便會忍不住東張西望，尋找小貓的身影。有時候，小貓會在牆角徘徊等待；有時候，牠又會趁阿修搬把凳子坐在門口時，不期然地縱身一躍，跳到他的膝上，優雅地轉一圈，然後很舒適地擺出一個睡臥的姿勢，等著阿修的手在牠的頸子、背上搓揉。

「這個愛撒嬌的小傢伙！」阿修發現自己在心底溫柔地說。

如此過了大約一個月，一直沒有人過來認領小貓，阿修才確定：這是一隻沒人養的野貓！看著牠圓滾滾、無辜又忍人愛憐的大眼睛，阿修決定喊牠「豆豆」，正式收養了牠。

平常柔順乖巧的豆豆，那天不知道哪根筋不對，喊牠，牠不理，還到處搞破壞。「會不會病了？」阿修狐疑。他不喜歡這種敵對的關係，一直想親近豆豆，企圖和解。豆豆不領情，繞過店裡的櫥櫃，閃電一般，咬起門口的夾腳拖，一溜煙地跑走了。

阿修尾隨小貓進了窄巷。쾌丁寸土寸金，房子蓋得緊密，一棟房子緊挨著另一棟房子。所謂的巷子，其實是一條極其狹窄的胡同，僅容一個人通過。裡面多是垃圾、動物的糞便，或是人從兩旁窗口吐下的唾沫。除非必須，不會有人願意進去。

「豆豆！豆豆！」阿修低頭一邊尋找，一邊呼叫。

「在這兒！」一個沉穩、低沉的聲音突然出現，把阿修嚇了一跳。他抬頭一看，發現蘇謐靠在牆上，正仰頭朝頂上那條細縫般的天空吐出一口長長的煙。豆豆被她抱在懷裡，嘴裡的夾腳拖已經不見蹤影。

「妳……我……」阿修一方面因為驚訝，一方面又因為不好意思（他自己也不知道為什麼！），一時語塞。蘇謐沒有轉過頭來看阿修，只是逕自抽著煙。

「這貓搗亂，到處亂跑。」阿修接過豆豆，「謝謝妳啊！」

就是在這時，阿修第一次看見她右手無名指上的戒指。

貓找到了。就這麼轉頭走掉，好像有點失禮；聊天嘛，又不知道要說些什麼。阿修呆呆地杵在原地，責備豆豆：「你今天發什麼神經病?!」然後，他抬起頭，對蘇謐笨拙地說：

「出來透透氣，休息一下啊？」

蘇謐沒有回答，反倒深深吸進一口煙。一會兒，她幽幽地說：「你對豆豆這麼好，牠不會跑掉的！」

阿修想問她從哪裡得知小貓的名字、怎麼知道他對牠好；但是轉念又想：老張曾經提過，這女人，什麼事都逃不過她的眼目！這條街就這麼一點大，自己整天站在門口，豆豆長、豆豆短的，想不知道這貓的名字很難。而且他把貓當女兒來養，也不是什麼秘密，再遲鈍的人都會發覺。於是他把到口的問題又給吞了回去。

「跑掉的話是牠自己倒楣，還有誰會給牠吃魚吃肉，是不是？嘿嘿！」

阿修搔著腦袋。找不到話說，又不好意思馬上掉頭走開；事實上是：阿修也不想走開。眼前這個平時神出鬼沒、見不到身影的女子，在街房鄰居的謠言傳說中，早就成了一個神祕的人物。有人說：聽她的口音，鐵定是打台北來的。也有人說：搞不好她身上有傳染病。甚至有人猜測，說她臉上的疤是被人害的。

現在，這女人就站在他面前，而且沒戴墨鏡！明媚的陽光讓她的臉無處遁形。阿修的目光像好奇的小孩，完全被吸引過去。他清楚看見那凸起不自然的再生肌膚、一條一條的皺折、變形的眼睛……。終於，他看見她的廬山真面目。

說也奇怪，那些傷疤對阿修來說，並不特別恐怖可怕。阿修的妻子生病後期，臉上因為病毒的侵蝕，皰疹、紅斑滿佈，嘴巴歪了、眼睛斜了，身子更是瘦成皮包骨。將近一年半的時間，阿修照顧她飲食、起居、盥洗，從牽著手走路，到推著輪椅。看見妻子形容日漸枯槁，因為化療的副作用和疼痛，或沮喪、或暴躁，阿修都耐心伺候。因為疾病的折磨，妻子已經不再是貌美如花、性感動人的美嬌娘。但是阿修跟自己說：妻子的本質仍然沒變，依然是他當初愛上的那位溫柔、體貼的女人，陪他走過創業的艱辛、照顧他口腹需求的賢妻。皮相，算得了什麼？皮相會改變、衰敗、老化、凋零，但是妻子仍是妻子，即使別人不認識她，但是阿修——她的丈夫——會記得她；記得她的美麗與善良。

蘇謐察覺到阿修的凝視，旋即將菸蒂踩熄，衣領拉高。「對不起，借過！」

「啊？是！」阿修從自己的思緒中醒來，連忙轉身，退出小巷。「得回去上工了？」

因為豆豆，阿修發現了蘇謐的秘密藏身處。自從那次的邂逅之後，那女人的身影就一直在阿修的心中，揮之不去。他知道：蘇謐通常都是在旅舍客人搬進、搬出的尖峰時間躲到巷子裡去。

每天下午兩點和六點左右，阿修都會有意無意朝那巷子裡探看。有時候他會看見一隻在地上磨踏的腳；有時候是一個手肘，更多時候是一團繚繞上升的煙。他便知道：蘇謐人在裡面。

「這女人的來歷一定不簡單！」隔壁海鮮店老闆曾經這麼評論。對阿修來說，他倒是很想知道「鬼面」手上的那枚戒指究竟是怎麼回事。戒指在陽光下閃啊閃，阿修心裡的疑問就越來越大。老張說得沒錯，這裡的人並不時興戴婚戒。像他和竹君這樣，堅持用婚戒來宣告他們屬於彼此的人，實在少之又少。這個面部帶著傷疤的來路不明女子，哪裡學來的這個作風？他有先生嗎？在哪兒呢？

從老張那裏問不出個所以然，阿桂只關心蘇謐有沒有偷懶，而街坊鄰居只會做些詭異、未經證實的猜測。事實上，沒有人對蘇謐的身世有任何了解。

「你問那麼多幹嘛？」老張說。

「鄰居嘛！難道你們一點都不好奇？」

「人家作事勤快最重要，其餘的，跟我們八竿子打不著！」

話是沒錯，但是阿修就是無法擺脫對這個謎一樣女子的興趣。他忍不住刻意經過那條巷弄，對裡面的蘇謐點頭、笑笑。兩三個星期之後，阿修終於鼓足勇氣，藉豆豆之名，再度進入巷子裡。

「豆豆又不見了，」他彷彿闖進別人的地盤，忙不迭地解釋。「妳有沒看見？」

蘇謐搖搖頭，沒有任何表情。

「這貓，突然出現，又突然不見，簡直在整人嘛！」

「……」

「妳……還習慣墾丁的環境吧？」阿修小心翼翼。

「沒什麼好習慣或不習慣，」蘇謐冷冷地說。「討口飯吃罷了。」

「這裡不錯哦！」阿修不知道自己幹嘛替墾丁做廣告?!「越來越繁榮。香港、中國大陸的人愛死這裡了！」

蘇謐從鼻子裡呼出一口氣，臉頰上的皺皮往上一提，「你們滿意就好。」

「我們做生意的嘛，總是希望人多。有人來就有生意做，對吧？」

蘇謐逕自吸著煙。

「不過啊，生意經放一邊，我其實沒什麼資格做比較。這一輩子，我除了墾丁，最遠只到台中，連台北都沒去過。」阿修搔搔頭，有點不好意思地說。

蘇謐轉過頭來看阿修，驚訝的表情像在說：「真的假的?!」

「墾丁沒什麼不好，住在這裡不用挨餓受凍。」阿修摸摸身上的短袖襯衫，「我一年到頭都是一件汗衫，連毛衣都沒穿過！生在這兒、長在這兒，大學在高雄念，連當兵都抽到台南，方圓不過一百五十公里吧？嘿嘿！」阿修傻笑了兩聲。

「娶的也是本地人？」蘇謐問。

「阿竹？……跟我從小一塊長大的，」阿修回憶說。「她認識我的家人，我也清楚她的背景；就是小時候的玩伴嘛！原本也沒想太多，後來是在我當兵的時候，我爸爸突然檢查出肺癌。妳也知道，在軍中不要被操、被虐待，能活著出來就很好了，哪有什麼自由的時間？我心裡急，阿竹二話不說，每天跑我家去看我爸，幫忙買菜、做飯，甚至在我媽忙不過來的時候，還幫他擦澡。我媽不會開車，都是阿竹負責接送我爸去醫院做治療。」阿修停頓了一下，感觸良多。「我自己只去過一次。醫院的髒、亂，長廊裡坐滿滿面愁容的病人，伸長著脖子直盯著號碼牌的燈號，往往得等上一、兩個鐘頭。好不容易輪到了，進去看不到十分鐘就又出來了！還得忍受其他人的咳嗽、臭味。」阿修搖搖頭，「我真不知道阿竹哪來的耐心？」

「愛屋及烏吧？」蘇謐說。

「那時候我根本還沒給她任何承諾。事實上，我心裡想的是另一個台北來的女孩子。」

阿修不好意思地笑笑。「結果人家看不上我這個鄉下土包子。我傷心之餘，回頭一看，才發現阿竹一直在默默地等待、付出。」

「傻女人一個！」蘇謐搖搖頭。

「她確實傻！不然怎麼會嫁給我？」阿修懊惱不已。「我因為被那個台北的女孩子嫌棄，決心不踏足那個傷心地。婚後本來有機會北上工作，都是因為賭氣給推掉了。阿竹的父母過世之後，留下一筆錢給她，結果她全部拿出來，還貼上自己的嫁妝，為的是頂下這間店面，讓我有生意可做。說起來，店裡上上下下，都是她在打點。」

阿修低著頭，蘇謐眼神炯炯地看著他。

「她的心地這麼好，竟然也會得到癌症！奇怪，這麼辛辛苦苦照顧我爸，怎麼都沒替她自己積點陰德？她走了之後，我整個人一下子被掏空了。不懂得進貨，也沒心思去招攬生意，覺得活著很沒意思。本來想放棄生意，遠走高飛；但是又不知道要去哪裡……。後來想到阿竹付出的心血，這間店是她一手經營起來的，我已經虧欠她太多了，怎麼能再糟蹋她的心血？妳說是不是？」

蘇謐吸完最後一口煙，丟掉手中的菸蒂。她拍拍阿修的肩膀，像在陪他哀悼。然後，緩緩地、輕聲地，她說：「我得回去了！」

「呃……，」阿修從他的獨白中回到現實世界。「這條巷子不乾淨，下次想休息，可以到我店裡來。」他靦腆地說。「老張跟我是老鄰居了，他不會有意見的！」

四 距離

九月初的大學校園，不再吟唱空城計。學生陸續返校，沉寂了一整個暑假的校園又恢復了生機。

在這群莘莘學子當中，東張西望、張口仰慕、臉上堆滿笑容的，十之八九是大一新鮮人。他們像被放出囚籠的小鳥，感到無限的自由與暢快。從「中」學生變成「大」學生，身分的轉換，也令他們覺得自己一夕之間長大、成熟了。以前不准做的事情，現在沒人敢管！而且，他們是學長、學姊們的寵兒，處處受到呵護與照顧。大一女學生尤其容易得到男性學長的特別「關注」。

新生訓練會場上，各個社團都使出渾身解數做宣傳，企圖招攬新的一批生力軍。不僅製作精美的傳單、海報，攤位上還供應吃的、玩的，外加小禮物。

裘加飄揚著長髮，看過一攤又一攤，手上蒐集了一堆資料，享受學長們對她的恭維。登山社的攤位上擺了許多高山照片：雲海、日出、攻頂的歡欣鼓舞。海報上寫著：想要體會真正的台灣之美？加入我們！辯論社的社員則一本正經地說：念法律的，口才很重要，不論是在法庭上打官司、或是從政，不懂說話的技巧是不行的。愛犬社、古蹟文化研習社和小說賞析社也非常吸引人。

「什麼?!妳三歲就開始彈鋼琴！那不來我們這兒簡直是浪費！」愛樂社的人也積極加入搶人的爭戰中。裘加一時不知該如何做選擇，因為她也非常喜歡跳舞，而爵士舞社的學姊們個個身材苗條曼妙，看得她好不羨慕！最後，在一位風度翩翩、魅力難當的帥哥遊說下，裘加答應去戲劇社看看。

戲劇社在學校的活動中心裡擁有一個大約十坪大的房間，裡面除了貼滿過去公演的海報、劇照、剪報之外，還有一箱一箱奇奇怪怪的道具。

「家裡不用的東西可不要隨便丟！」裘加第一次去參觀時，曾經擔任過導演的一位學姊跟她說。「妳看！」她隨手從置放在角落的箱子裡抽出一個黑色老式的撥盤電話機，「這種電話現在找不到了，但是上次我們演戲時就派上了用場。還有，比方說這個，」學姊又拉出一條桃紅色的老舊長裙，「看起來鑾髒的，但是我們演莎士比亞的「量・度」時，缺了它可不行！就連這個箱子，」她踢踢擺滿道具的木箱，「都是從某人家裡的垃圾堆中撿來的。」

裘加環顧四周，發現許多假髮、戲服、一面穿衣鏡，以及一張放滿各種眼影、口紅等化妝品的桌子。

「哇！好有意思！」裘加拍拍手，像個等待發放糖果的幼稚園小女孩。

「好像在辦家家酒！」

「別搞錯了！」學姊說，「演戲可不是鬧著玩的。即使是演喜劇，背後都需要經過一番認真的演練。沒有下苦工的演出，妳在台上只會丟臉，沒有什麼樂趣可言！」

「妳別嚇她了！」看見裘加垮下來的神情，坐在一旁閱讀雜誌的學長說。「妳喜歡做哪一部分的工作？幕前還是幕後？」

「不知道耶！」裘加說。

「不一定每個人都得上台演戲。妳也可以負責燈光、音效，或是道具、化妝什麼的。」

「哦！我看看吧！」

「對！先進來再說。我們每學年公演一齣戲，這次要搬演……『使特林堡』有沒有聽過？」

裘加搖頭，一臉無辜狀。

「他有一個劇本叫『債主』，」學長繼續說，「妳可以先去念念看，我們下星期開始試鏡選角。」

選角？試鏡？聽起來多麼有趣啊！大學就是大學，跟高中不一樣，不是只有國文、數學、英文才重要。戲劇這玩意兒，說給高中老師聽，一定會被罵「胡搞」、「愛玩」、「不務正業」；但是在大學裡，卻大有人以專業的嚴肅與正經來對待。裘加意識到自己骨子裡那些愛嬉鬧、求表現、有創意的細胞在蠢蠢欲動。前腳才剛剛踏進來，她就已經摩拳擦掌，躍躍欲試了。

其實，當初填選志願時，她並不清楚應該選什麼科系就讀。爸爸媽媽耳提面命，說既然還不清楚志向，又沒有太明顯的特殊興趣，那麼好歹也選個「有用」、「有前途」的科系，以免畢業即失業。「我們還是踏實一點比較保險。」爸爸這麼說。

法律系究竟適不適合她，還有待觀察；至少目前在「憲法」、「民法總則」等等無聊枯燥的課程中，戲劇社的活動是一個絕佳的平衡與調劑。裘加決定積極參與。

「打算去當瘋婆子了！」晚上在寫給崇輝的短訊中，裘加把加入戲劇社的決定告訴崇輝。

「不是早就是了嗎？」崇輝回。

「什麼？你欠揍！」

「來揍吧！正想妳呢！」

「哼！」

「我選攝影社，將來把妳拍得更美。」

「你那個爛技術，再美都沒用！」

「照片好不好看，模特兒的長相也有責任吧？」

「你嫌我?!」

「哎喲！不要被妳嫌就謝天謝地了，哪敢對妳不滿意？」

「量你也沒這個膽！……喂！使特林堡有沒有聽過？」裘加轉移話題。

「莫宰羊☹」

「孤狗說他是瑞典人。嘿！我們要演改編自瑞典劇本的戲，你說酷不酷？」

「你們瑞典話又不通！」

「當然是中文版啦！你這個白痴！不跟你扯了，我現在念劇本去。」

「週末在『羊腸』見，請妳吃瘦肉粥！」

「啊！差點忘了:P！」

「瘋婆子的記憶倒退嚕:-o！跟白馬王子的約會一定要記得！」

「:puke!」

五 老張

阿伯店一個喳某人，
黑衣黑帽驚見人，
要是歹運熊熊睹丟伊，
臉皮皺皺驚死人！

達良民宿門口跑來一群中午放學的小學生，幾個人嘰嘰喳喳、嬉笑打鬧，不知道是誰做了這首打油詩，大夥像合唱團一般，齊聲喊叫。

「走！走！」老張衝出來趕人。「歹嬰仔，放學不回家，跑來這裡鬧場！」

「臉皮皺皺驚死人！」孩子們不輕易放棄。

「走啦！」老張抓起擺在門口的掃把，「再不走，我打人哦！」

孩子們這下子的興致更高昂了，大家一左一右，圍著老張，看看他究竟打得到誰。

「死嬰仔！念書怎麼不會念得這麼好？」老張的掃把在手中揮來揮去。

突然，孩子靜下來了。老張回頭一看，發現蘇謐提著一桶水走出來。

「鬼面！鬼面！鬼面！……」孩子一哄而散，一邊跑，一邊重複合唱著。

「這些沒人管的野孩子，真要我的老命！」老張放下掃把，氣喘吁吁，試圖避開蘇謐臉上抑鬱憂傷的神情。

「嬰兒仔有嘴沒心，妳別理他們！」

蘇謐點點頭，進屋去打掃房間。老張的心裡像被壓了一塊大石頭，很不舒服。雖然他不知道該說什麼，還是一路尾隨蘇謐走了進去。

「妳知道，自從妳來了之後，幫了我們很大的忙。」老張杵了半天，終於吐出一句話。「我們店裡沒妳不行！」

蘇謐半轉過臉來，看著地板，跟老張點頭示意。

「其實，我們不在乎妳的外表……至少我不在意。」老張說。「外表又能代表什麼呢？人美不表示心地善良，更不保證好相處，妳說是不是？」

蘇謐不語，把拖把擰乾，用力拖起地來。

「我老婆妳見過吧？她年輕時是鎮上大家公認的大美人。身材窈窕，走起路來屁股一扭一扭地，媲美林黛玉，不知道迷死多少男人！」老張拉開床邊的一把椅子，坐了下來。「我不是追她的人當中最帥的，也不是最有錢的，但是大概是臉皮最厚的。很多人以為她很難追到手，還沒開始就放棄；也有人第一次沒約到，就以為沒希望了。只有我一試再試，鍥而不捨。終於皇天不負苦心人，她對我漸漸看順眼了。」老張沉浸在往事中，嘴角露出得意的笑容。

「我記得她第一次答應我去海邊散步的時候，我高興得整晚睡不著。想去牽她，自己的手卻滿是汗，擦都擦不乾！」老張不禁又去抹自己的手。「只是……唉！」他的臉突然一沉，「戀愛跟婚姻畢竟不同。有時候我在想：也許當初不讓我追上她，也許今天會好一點？……

「妳一定在想：男人都犯賤，得不到的拼命想要；得到了，又不知道珍惜，是不是？唉！誰又能預知未來呢？愛上了，滿腦子都是她的微笑、她的小手和細腰，至於她的個性到底怎樣，說實在的，誰會去在意？再說，人都會改變，變好還是變壞，誰都無法預料。有句話說得好：『因為誤解而相愛，因為了解而分開。』哈哈！」老張諷刺地說。

「我只見過她兩次。」蘇謐終於開口。

「就是了！妳來了都半年了，她才出現兩次。大部分的時間都躲在家裡睡大頭覺，深夜才來店裡，生活完全日夜顛倒。她一來，我就收工。我們好像太陽跟月亮，見不著面……。這樣也好，省得吵架。」

蘇謐把地拖好了。她看老張話還沒說完，便把身子倚在牆上，瞄了一眼手錶，估計再給他五分鐘。

「說起來，我們也沒有什麼深仇大恨。不知道從什麼時候開始，關係變成這個樣子？要說嘛！只能說我怕她。婚前約會時，她溫順地像頭綿羊；沒想到原來她的脾氣大得很，一不順她的心，她不是跟你大吼大叫，什麼傷人的話都說得出口；再不然就是跟你冷戰，十天半個月的，一句話也不說、不正眼看你，把你當空氣。當然啦！一個巴掌拍不響，我肯定也有錯。但是伺候她這個老佛爺，久了實在好累。我最不能忍受她在眾人面前說我沒出息、沒用！完全不尊重我。怎麼說我也是她老公，妳說是不是？這樣不給我面子，對她有什麼好處？我懶得跟她吵，她嘴利，我說不過她。嘴上說不贏，躲她總可以吧？

「話不投機半句多。現在啊，對我來說，有老婆跟沒有是一樣的。反正孩子們都大了，不需要我們了。她管她的事，我決定我的生活，老家那棟房子是她的地盤，我寧願睡在這裡，櫃檯後面放一個床墊就夠了。人生苦短，整天吵吵鬧鬧、鬧情緒，還不如圖點安靜強得多。妳說是不是？」

老張抬起頭來看著蘇謐。「外表一點都不重要，到了我這個年紀，就會明白。」他苦笑兩聲。

突然，外面喇叭、鼓聲大作，一群送葬的隊伍正要經過。

「吵死人了！」老張不耐地說。「也不想想現在是午休的時間，還把擴音器開得這麼大！」他搖搖頭。「老實說，我如果死了，可不要這麼大費周章，又請花車、又請跳舞的！妳知道嗎？送葬隊伍裡拿著麥克風，大聲哭喊的人，都是專業的，賺的錢可不少呢！我不要不相干、不認識的人替我哭，假的眼淚要來幹嘛？妳說是不是？」

蘇謐抓起拖把和水桶，準備走出房間。

「妳相不相信有靈魂這回事？」老張突然轉移話題，在蘇謐踏出房門之前，突如其來地問。「對面海鮮店的老阿婆去年死了。海鮮老闆說：那之後，他們冰庫裡的燈會自動開開關關。檢查了好多地方，燈和電源都沒問題，也沒有接觸不良，真是鬧鬼了！他們怕影響生意，雖然自己怕得要死，也不敢說出來。偷偷地請道士來店裡作法。乩童說是老阿婆的靈魂不能安息，要他們多燒一點紙錢，多去廟裡燒香拜拜，多給一點香火錢。前後持續了大概有三個多月吧？後來突然有一天，毫無預警地，燈又恢復了正常，詭異得很！……我想靈魂應該是有的，但是靈魂在我們死後會去哪裡呢？」老張沉浸在自己的思緒中，沒注意到蘇謐在不斷眨眼，試圖不讓眼淚流下來。

「有人說信什麼都一樣，只要心腸好就可以了。但是一個說人死後要輪迴，運氣不好會變成豬、羊，任人宰殺；另一個說靈魂不是上天堂就是下地獄；有人說天地間沒有神，另有人說世上的一切都是上帝創造的。這些不同的說法，怎麼會一樣？實在想不通！也許是我太笨了。」

突然，「碰」地一聲，把老張嚇了一跳！蘇謐大聲關上垃圾桶蓋，亟欲逃跑似地說：「對不起，我得繼續整理房間去……。」

她快速走到門外，倚在牆上，不讓老張看見她再也止不住的眼淚……。

六　傷痕

夜深了。蘇謐拖著沉重的步伐上樓。

在那間不到三坪大的房間裡，除了一張單人木板床、一把凳子、一個衣櫥、一張書桌和一台收音機之外，別無長物。房東曾先生大約六十五歲，是屏東一帶的老地主。墾丁成為熱門觀光區之後，他尾隨其他地主，將附近幾甲的農地改建樓房，裝潢成套房或民宿，輕鬆賺房租。

蘇謐的房間是頂樓的違建，房間外面有一個鐵皮搭的小棚子，安置了馬桶和水槽，充當洗手間。

簽租約的時候，房東特別補充了一句：「蘇小姐如果要進出大樓，請在早上七點之前和晚上十一點之後，沒問題吧？為了不嚇到其他人嘛！我想妳應該了解……。」曾先生臉上沒有笑意或愧咎，他認為自己把房間租給蘇謐，已經算是功德一件。

蘇謐慣常地走到書桌前，按下錄音機的播放鍵。隨即，貝多芬月光鋼琴奏鳴曲悠悠傳出來。緩慢地，她褪下沾滿油汙的上衣、積染水漬的長褲，坐在床上。一股徹骨的疲憊襲上全身。對街理容院的五彩霓虹燈反映在窗玻璃上，一閃一閃。對某些人來說，此刻夜未央、一天方始呢！比方說老張的妻子，或是理容院的顧客。他們雖有形體，卻因晝伏夜出，見不著身影，對大部分人而言，他們彷彿不存在。另外又有一些人，超越了作息、晝夜的限制，即使沒有身影，卻真真實實地如影隨形。

「靈魂應該是有的，但是死了以後，靈魂會去哪裡呢？」老張的疑問在蘇謐腦海中盤旋。

她多希望靈魂摸得到、看得見！她不怕他們的糾纏。她甚至盼望他們能說說話；再不然，回答一些問題可以嗎？

蘇謐走到書桌邊，打開抽屜，拿出一個小小的木製盒子。躊躇片刻之後，「咔」地一聲把盒子打開。

兩顆黏著矯正器的牙齒，一小塊粉紅色碎花布。

眼淚，像大豆一般，一滴一滴地掉落下來。她顫抖的手，使勁兒殘暴地拉扯自己披散的頭髮。

七 改變

「你不知道：他這個人索然無味，跟他在一起毫無樂趣可言。」裘加依偎在武方懷裡，眼神嫵媚、聲音輕柔。

「也就是說，妳對他感到厭煩？」武方問。

「是他自己不長進，跟不上我的腳步。」

「那要是哪一天妳也厭倦了我，怎麼辦？」

「才不會呢！」

「假設說——只是假設哦——，現在出現一個英俊瀟灑、風流倜儻、有錢又體貼的男子，正好符合妳心目中完美的白馬王子形象，那麼，妳就會離我而去？」

「別瞎說！」

學生活動中心的長廊上，裘加和武方正在排戲。陳哲目不轉睛地注視他們。

「咔！」他大喊，「來來來……。」他走過去把家裡帶來的手提音響打開。隨即，鮑羅定弦樂四重奏第二號行版輕柔優雅的旋律傳遍開來。

「你們注意聽！像這音樂：非常溫柔、非常小心……小提琴是女人嫵媚的引誘，有愉悅、欣喜，也有恐懼。大提琴是男人：守候、等待、包容、追隨……來，你們試著搭配音樂，用舞蹈的方式做肢體的接觸。」

「啊？這……」裘加和武方同時張大了嘴，「即興跳舞嗎？有點難吧？」

「噓！」陳哲制止他們說下去。「靜靜聽音樂……聽見沒有？小提琴悠悠傾訴，像女人的撒嬌；大提琴厚實沉穩的聲音插入，像男人寬大護祐的肩膀……試著去感受，然後不用言語，只用肢體和表情來表達。來，開始！」

裘加和武方杵在原地，浸淫在音樂聲中。漸漸地，裘加開始有了反應：她慢慢將手伸向武方、走近他、碰觸他的手臂，然後又躲到他的身後。武方轉過身來，想擁抱裘加，卻撲了個空。

「靠近、靠近，碰他！不要怕！對，就是這樣……然後，慢慢走開。」陳哲在旁指導。

「若即若離、欲語還休，用眼神去挑逗，既柔媚又殘酷……對，就是這樣！」

陳哲暫停音樂，走過來跟裘加說：「有沒有看過哭鬧著討糖吃的小孩？妳得想像自己在哄騙他；調情就對了。」陳哲的手輕輕拂過裘加的長髮，專注地看著她，「像這樣……要知道，這個男人被妳玩弄在股掌間。妳心裡燃燒著慾火，卻又不敢公開表明，所以欲言又止……要征服一個男人，妳必須軟硬兼施，眼神要自信一點！妳可是蛇蠍美女，femme fatale一枚，知道吧？」陳哲走回導演席，「來，再試一次！妳可以的！」

隨著樂聲，裘加一會兒擁抱武方，一會兒靜坐不理；一會兒含情脈脈、一會兒又怒目而視。武方配合著裘加的情緒表現，或愛撫、或追求、或疑惑、或陶醉。

「把手勾在他的脖子上，溫柔一點，引誘他……對！好極了！」陳哲讚賞地說。

「懂了吧？你們兩個之間，就是那種『想要又不敢要』的感覺。」他把音樂關掉，跟武方和裘加解釋道。「好！今天就排到這裡，星期三繼續。」

他過去拍拍裘加的臉頰，「我就知道妳沒問題！」

裘加「呼」地長吐一口氣，跟武方來個對掌拍。

演戲對她來說，是一個全新的經驗。不僅是研讀劇本、了解劇情，還有試著融入角色的內心、想法，然後再把台詞與動作很自然地表現出來，好像她就是劇中人一樣。她喜歡跟其他演員的互動：擁抱、牽手、爭執；平常不敢做、不能做的，在舞台上統統允許。而且，在劇場裡，人可以快速長大，變世故、變卑鄙，全憑劇作家的一句話！穿上戲服，化上妝，你是你，也不是你。是你的聲音、表情、情感、動作，但卻是另一個時空與身分。你可以名正言順、過癮地使壞，然後下了戲、卸了妝，宣稱那不過是齣劇，並不是真實的自己。

舞台，簡直是一個光明正大的「變身」藉口！你可以躲在角色的面具後面，展現自己真實的一面。這個新體驗，像在狹窄的空間裡開啟的一扇門，給了裘加無限的自由與想像。她如魚得水，樂在其中，尤其愛劇場裡無光的陰暗、道具間裡神祕雜亂的戲服，以及——應該說特別是——那種站在聚光燈下的優越。

「要不要我送妳一程？」陳哲問。

「不方便吧？」裘加猶豫著。

「方便！妳家在士林，對吧？順路！」陳哲一貫地瀟灑。裘加想起在新生訓練時，就是被陳哲這種藝術家大而化之的氣質所吸引，進而加入戲劇社的。現在，他嘴角那淺淺的笑容更加具有不可抗拒的誘惑與魅力。

她順從地點點頭。

兩人並肩走到機車停放處，陳哲把座墊掀開，遞給袠加一頂安全帽。

「哪！妳看！我特別為妳準備了一頂。還有，」他把脖子上的圍巾解下，「這個拿去。騎車風大，冷！」

袠加接過手來，為陳哲的體貼感到窩心。

華燈初上，陳哲載著袠加穿梭在十一月的台北街頭。車速快時，迎面的疾風確實吹得人不舒服。袠加哀嘆了兩聲。

「抱著我的腰，把頭埋在我背後，可以擋風！」陳哲下命令一般。

袠加延續在劇場裡的習慣：導演的話是聖旨，說了就算！因此陳哲話才說完，她便乖乖照做。確實！躲在陳哲厚實寬大的肩膀後面，風頓時失去了刺骨的威力。

「謝謝學長！」到了家門口，袠加甜甜地說。

「哲！叫我哲！不用這麼客氣。……喜歡戲劇社嗎？」

「嗯！很喜歡。」

「通常我們不讓新鮮人上台的，妳是一個例外。我覺得妳表現得很好，很有演戲的天份！」

「謝謝！」裘加的臉紅了。她不明白為何在陳哲面前，自己總是一副小女孩的拘謹無辜狀？

「妳演的這個角色很複雜，內心戲很多。她一直在情慾與愧咎感之間掙扎，想要又不敢拿；要到了，又不敢享受。」

「我不懂！她不是最崇尚自由的嗎？難道沒有權利去選擇自己要的東西？」

「問題是：她的自由傷害了另一個人；而且那個人也是她當初的『自由』選擇。移情別戀之後，她就一直良心不安，覺得自己會得到報應。不過那只是一個淺意識裡的信念，表面上，她並不願意承認。」

「我給妳看！」陳哲打開座墊，從裡面拿出一本彩色畫冊，「這是蒙克的作品。這一張是一位孤單長髮白衣女孩的背影，望向大海。這一張呢，很類似，只是在女孩身後多了一位黑衣男士，想親近，卻又不敢。

「同樣是北歐人，挪威的蒙克受到瑞典的使特林堡影響，作品中呈現男女之間的想望與疏離。妳知道嗎？蒙克還曾經替使特林堡畫過人像！事實上，使特林堡自己不僅是劇作家，也是畫家和攝影家，多才多藝。不僅影響瑞典後來的大導演英格瑪柏格曼，還影響了卡夫卡。重要性不亞於挪威的易普生或蘇俄的契可夫。」

裘加對學長的博學多聞實在崇拜不已。但是她覺得自己不能光聽，而不做任何反應；只聽不答，對話如何繼續？

「回到我們的這齣戲，」裘加正經八百地說，「我還是覺得女主角的良心不安是多餘的。畢竟，勉強的、義務式的愛情不要也罷！」

「這個啊，正是使特林堡鍾愛的主題：愛與恨，忠誠與背叛。他自己總共結過三次婚，都以離婚收場。第二任老婆比他小二十三歲，第三任跟他甚至差了將近三十歲。每次分手之後，他都極度憂鬱，幾乎要精神崩潰！所以妳就能了解，為什麼他筆下的女人都是『食人族』，專門來毀滅身邊的男人的。妳知道嗎？戲劇界稱他為『憎惡女人的人』！」陳哲笑了兩聲。「還好我跟他相反，我很愛女人，所以妳不用怕！」他趁勢拍拍裘加的肩。

住在同一棟大樓裡的人進進出出，二樓的管太太正好出來倒垃圾。她人如其名，特別愛管閑事，整天東家長西家短，哪戶人家的女兒得憂鬱症、兒子離婚、生意倒閉，統統避不了她的眼目。裘加厭惡管太太投來的好奇眼神，彷彿監視器一般。

「那，星期三見！」裘加把安全帽還給陳哲，「謝謝學長，哦！不！哲……」

「有一天，我一定要去北歐走走，體驗挪威的峽灣、使特林堡的家鄉，再上到北極，去看極光。怎麼樣，要不要一塊兒去？」陳哲騎走前，丟下這麼一句話。

「北歐、峽灣、極光……」裘加反覆在心裡咀嚼，感覺一絲絲的甜蜜。那句話，聽起來像個邀約、一個承諾，在一個十八歲女孩的心中，引發無限浪漫的憧憬與遐想。

「跑哪去了？這麼晚才回來！崇輝打來好幾次了！妳的手機沒開嗎？」阿桂一邊幫裘加熱晚飯，一邊問。

「我在排戲，手機怎麼能開?!會吵到人的！」

「給他回個電話吧！」

「真煩！明明知道我今天要排戲，找什麼找？」

「他好像說有什麼事要跟妳商量……」

「唉！他會有什麼事？還不就是愛黏人，調查我的行蹤！管他的！」

「來，吃飯！菜都熱好了！」

「我不餓！等一下再說。」裘加關上房門，袋子一丟，雙手一攤，整個人往後一仰，重重躺在床上。

「北歐的海水，不知道是什麼滋味……？」

裘加排戲的時間緊密，上課時間之外，幾乎沒有空檔。可憐的崇輝想見裘加，只能在一旁苦等機會。

好不容易盼到連續假日，剛好陳哲接獲家裡的通知，必須回南投處理一些私事。導演不在，自然沒有戲唱。於是崇輝和裘加約好，打算坐火車去三貂嶺走瀑布步道。

十點，崇輝已經在樓下等了十五分鐘，裘加仍然坐在鏡子前塗睫毛膏。梳妝台上的手機響了兩次，崇輝寫來簡訊：「大小姐！還要多久？」

裘加用眼角瞄了一下簡訊，仍然穩如泰山、氣定神閒地繼續化妝。再過二十分鐘，門鈴響了，崇輝上了樓來。

「不是說好馬上下來的嗎?怎麼還沒好？」崇輝有點惱怒。

「昨晚忘了拔眉毛，怎麼畫都不好看！」裘加沒有絲毫歉意，繼續定睛在鏡中的自己。

「小姐！我們趕不上火車了！」

「那就坐下一班嘛！緊張什麼？」

「我不確定車班……」

「好啦、好啦！被你催催催，不畫了啦！醜就醜，反正丟的是你的臉！」

好不容易趕到台北火車站，只見大廳裡人聲鼎沸，擴音器、機器聲、腳步聲不絕於耳；置身其中，人人焦躁、緊張、匆促。

不出崇輝所料，因為裘加的拖延，兩人錯過了原本打算搭的班車。間隔不到半個小時的下班車應該也快開了，崇輝急忙在高掛的看板上找車次和月台，裘加則在一旁猛催：到底是怎樣啦？找到了沒有？

「十二點……十三分，第五月台！」崇輝仰著頭說。

「啊！已經十二點十分了，趕快！」裘加大喊。

兩人沒命似地奔跑，穿梭在紛紜雜沓的旅客中間。「借過！借過！」崇輝拉著袞加的手奮力上手扶電梯。袞加嫌麻煩，不領情地把崇輝的手甩掉。等到兩人好不容易跑到第五月台時，火車已經準備啟動了。

「呼！」崇輝一屁股坐下來，大吐一口氣。「還好趕上了。」

袞加抱著她的LV包包，不停喘著氣。

「真要命！火車站好多人！」崇輝說。「希望三貂嶺不要人滿為患才好。」

「你對那裏熟不熟？我可沒興趣到了那邊還得找路！」袞加嘟著嘴，頗不信任的樣子。「妳放心！」崇輝拍拍他的背包，「我早就未雨綢繆，從網路上下載很詳細的路線圖了。我們可以……」

「萬華，萬華站快到了，下車的旅客，請不要忘記隨身攜帶的行李。」

突然，車子的廣播器大作，打斷崇輝的話。

「噓！」袞加說，「你聽！」

「唉！沒什麼，就廣播嘛！」崇輝繼續說，「我們可以沿著淡蘭古道往上爬，先去合谷瀑布，再到摩天瀑布，最後是枇杷洞瀑布。」

這時列車靠站，裘加看見窗外的站牌上寫著大大的「萬華」二字。

「咦？萬華？方向對嗎？」她喃喃自語。

「我班上的同學說：那是一條很漂亮的路線，走起來也不會太累……」

崇輝仍然沉浸在他的旅遊計畫中。

「喂，崇輝！我們沒坐錯車吧？」

「什麼？」

「萬華不是在反方向嗎？」

崇輝一時還沒反應過來，列車已經關上門，啟動了。

「我得問問看！」裘加東張西望，剛好看見一個頭戴帽子、身穿鐵路局制服的人走來。

「請問，」裘加趕忙把那人攔下，「這車開往三貂嶺嗎？」

「沒有哦！這是往鶯歌的方向，下一站是板橋。」

裘加的臉馬上垮了下來，狠狠地瞪了崇輝一眼。

「你搞什麼？做錯車了啦！連車班都不會看！」

「急急忙忙的，看錯了……。」崇輝有點不好意思。

「現在好了！哪都不用去了！」

「要不要下一站下車，再坐回去就是了。」

「那要搞到幾點？也不知道下一班車什麼時候來。等到我們到三貂嶺，搞不好都已經天黑了。」

「沒那麼誇張！要不然，我們就坐到鶯歌，去那裡看陶瓷藝品也一樣，只要我們在一起就行！」

「才不要！陶瓷有什麼好看？要去你自己去！」

「別發火，不過是看錯月台，匆忙中難免會發生的事。」

「喲！你倒好！給自己找藉口！找班車這麼簡單的事都做不好！」

「我一切都安排好了，要不是妳遲到、拖時間，也不會做錯車。」

「你豬啊？我打扮還不都是為了你！難道你寧願跟一個醜八怪出去？」

「我從來沒說妳醜！倒覺得妳不化妝還比較漂亮，是妳自己沒自信，一定要東塗西抹的。」

「你……！」裘加氣得說不出話來。「反正都是我的錯！我不去可以吧?!」

「妳變通一下嘛！多點彈性，隨遇而安不是很好嗎？」

「好個屁！」裘加站起來，「我現在就下車！」

崇輝拉著裘加的手臂，試圖阻止她；但是裘加用力甩開，肩上的包包重重打在崇輝的臉上。

「要走就走吧！」崇輝頓時失去伺候討好的興致。

裘加逕自朝車門走去，心裡冒著火，忍不住咒罵：「辦不成事的傢伙！好好的一天被你糟蹋了！」

爭執，已經不是第一次了；尤其是這一、兩個月來。裘加本來就沒有耐心，她是家裡的嬌嬌女，人人都得讓著她，這點崇輝不是不知道；但是最近她變本加厲，似乎是衝著崇輝來的。崇輝知道女孩子需要人疼惜、包容，但是自己的容忍也有限度，她的無理取鬧、毫不留情，讓崇輝覺得很委屈。

裘加坐在回家的公車上，剛才的暴怒平息許多。她看著窗外，嘟著一張嘴，恨今天的計畫無法如期實現。尤其天氣這麼好，不冷也不熱，兩人的期中考剛完，沒有作業要交。所有這一切的好條件，都被崇輝毀於一旦。「這個大白痴！」她不禁又在心裡抱怨。

當天晚上，崇輝試著打裘加的手機，她索性把手機關掉，扔進包包裡。崇輝別無辦法，只好打到她家裡去。阿桂可憐這男孩，在接了第五通電話之後，硬是把話機塞到裘加的手中。

「妳不怕吵，我們還想睡覺呢！」阿桂對女兒說。

「你聽見沒？」裘加心不甘情不願地朝話筒大叫。「不要這麼不識相好不好？」

「裘！好了，別氣了！沒什麼大不了。」

「什麼沒什麼大不了?!今天什麼事都沒辦成，浪費我的寶貴時間。你以為我沒事幹啊？」

「……」崇輝咬著嘴唇，忍著不跟她辯論。

「你沒話說了吧？我要掛電話了！」

「衰！」崇輝的聲音低沉平靜，「妳最近為什麼脾氣這麼大？」

「你還敢說！帶人做錯車的是你，不是我！還好意思怪別人！」

「我不是說今天……妳不覺得這一、兩個月來，妳就像顆地雷：一踩就爆！說錯一句話、誤解妳一個眼神，妳就馬上大發雷霆。太誇張了吧！」

「你不爽是嗎？不爽就不要打電話來騷擾人！」

「衰！我不是妳肚子裡的蛔蟲，妳心裡在想什麼，有什麼願望或需求，不說出來我怎麼會知道？」

「你就是笨！跟你說你會懂嗎？」

「說出來聽聽！」

「我平常功課忙，還要排戲，特地騰出一天來陪你，還被你糟蹋。我吃飽了撐著啊？」

「難道排戲對妳來說比我還重要？」

「你懂什麼？我在裡面可是女主角耶！戲劇社破天荒讓我這個新人出

演，我絕對不能丟臉。兩個鐘頭的戲，光是台詞就要背一大堆！你會嗎？」

「沒試過……也沒必要。不過，如果妳願意，我也可以幫妳。」

「幫個頭啦！你哪裡懂藝術？劇本都沒念過，人物內心的轉折很複雜，你別自抬身價了！」

「說得這麼高深莫測。演戲嘛，不就是假的嗎？別陷太深了！」

「說你不懂吧！演員不深入了解劇中人物，演起來怎麼會逼真？」

「妳不是說那是瑞典劇本嗎？妳真能了解他們的想法？」

「所以要去揣摩啊！唉！跟你說也是白說，簡直是對牛談琴。只有陳哲了解。」裘加發現自己說溜了嘴，提到了不想在崇輝面前提到的名字。

「啊！妳那個學長。」崇輝不禁吃味，「他是唯一懂妳的人？」

「你別扯遠了！我是說他懂戲劇。」

「他可能也很懂把妹吧？」

「你不要血口噴人好不好？我們在一起只討論劇情，人家才沒時間搞無聊的事。你知道嗎？他學的是電機，但是不僅懂戲、會導戲，還懂音樂、美術。我們演瑞典的使特林堡，他就聯想到挪威的畫家蒙克，特地把他的畫冊拿來，幫我理解角色的心境。」

「他天花亂墜，妳什麼都信！」

「才不呢！人家有根有據。蒙克受到使特林堡的影響，畫作的主題大多呈現男女之間的想望與疏離。」

「妳看妳！這是他說的對不對？妳都會背了！」

「反正你不懂！話不投機半句多。」裘加翻了翻白眼，不想在陳哲這個名字上跟崇輝爭辯。「我要睡了，你如果再打來，只會吵到我爸媽，惹他們不高興！」她毫不客氣地掛下電話。

理直氣壯嗎？裘加不太確定。想到陳哲時，應該是甜蜜、多彩與興奮；但是現在，一抹說不上來的陰暗籠罩過來。裘加知道自己不坦蕩，但是，為什麼呢？她知道自己在傷害崇輝。可是，他沒有錯嗎？為什麼他要給她那麼多限制？為什麼他不了解？而她，幹嘛良心不安？她沒有權利忠實自己的情

八 衝突

「債主」公演相當成功，一票難求。為了滿足校內外趨之若鶩的來賓，戲劇社在預計的五場演出之外，又加演了兩場。校訊上、社團網站上都有大幅報導：劇照、專訪等等，搶盡版面。一時之間，陳哲、裘加和武方成了校園裡的風雲人物。尤其是身為這團隊中唯一女性的裘加，更是出盡鋒頭。她以一名大一新鮮人的身分，在毫無經驗的情況下，大膽挑戰晦澀、複雜、超年齡的角色，而且表現得收放自如。

各方湧進的佳評如潮，「天才演員」、「前途無量」、「明日之星」是這一連串有關裘加報導的標題。她和陳哲一起接受採訪，到處像才子佳人一般被看待。原本沒沒無聞的裘加，從狹小的個人世界，一下子成為眾人注目的焦點。處在一片掌聲讚美當中，她不覺飄飄然。

「也許，真會有走上演藝之路的機會？從舞台躍上銀幕、演電影、成為大明星……如果我真的那麼棒，不走這行，豈不浪費人才?!」裘加無法自拔地膨脹自己。

另一方面，崇輝離裘加的生活越來越遠。對於劇場、戲劇方面的事，裘加從懶得解釋，到乾脆絕口不提。

公演結束之後，寒假也開始了。不同於以往，裘加不再殷切盼望能和崇輝共度兩人世界。一想起崇輝，她不再肯定。這是真正適合她的男孩嗎？她真的愛他嗎？如果她愛他，為什麼不想他？如果她愛他，為什麼還會對別的男孩有興趣？愛情究竟是什麼？她還沒有結婚，難道沒有選擇的自由？如果她是自由的，那麼為什麼她會在想念陳哲、回應他寓意深長的眼神時，感到一股揮之不去的良心譴責？她為什麼會良心不安？是因為太膽小，還是傳統禮教的無謂束縛？

她的心思一片混亂。

對經營民宿、飯店的服務業來說，過年期間是暑假之外的另一個旺季，旅客的流量達到高峰，達良和阿桂根本不可能有閒情逸致出國旅遊。但是今年，達良移民紐西蘭的表哥不斷邀請他們夫婦過去玩。

「為了拿身分，在這裡坐移民監，整天跟綿羊相望，無聊死了！」維中抱怨。「若芬說，要阿桂過來跟她作伴，兩人可以聊聊。而且啊！這裡的中國人越來越多，你們過來看看，說不定我們可以合夥開家中國餐館喲！」

「過年我們旅館的生意正忙，恐怕走不開。」達良猶豫。

「唉呦！你們家裘加不是大了嗎？她不能幫忙嗎？人家十八姑娘一朵花，比你們這些LKK有吸引力多了！」

「我得問問阿桂，還有皮皮得照顧呢！」

「把皮皮一起帶來好了！跟我們家的源源一起玩。」

達良嚮往紐西蘭世外桃源般的風光已經很久了。自從當上旅舍老闆之後，他很少有休閒的時間，整天忙著算帳務、上網回覆訂房的詢問與安排、房屋的整修與維護，再加上交際與應酬，根本沒有喘息的時間。維中的熱情遊說實在讓他動心。於是，他心一橫，決定過去一探究竟。

「爸媽過去拓展市場，說不定會在那裡開餐廳。」達良跟裘加解釋。

「所以啊，墾丁旅舍那邊，妳得過去幫忙。」

「不公平！應該是我去澳洲玩的，怎麼換你們先去？」裘加抗議。

「我們又不是去玩，妳沒聽我說啊？是去『探勘環境』！妳得想長遠一點。如果我們真的能在紐西蘭開餐廳，以後妳還怕沒機會去澳洲嗎？」達良安撫。

裘加無心爭辯。爸媽出爾反爾已經不是第一次了，每次都有冠冕堂皇的藉口。俗話說：「拿人家的手軟」，誰叫她自己還不會賺錢呢？不過，這一次，裘加實在也沒有心情出去旅遊。崇輝、陳哲、自己、愛情、未來，一切的一切，是那麼混亂。也許，去墾丁忙一忙、分散一下注意力也是好的。

「好吧！」裘加答應。「不過我想請淮寧一起下去，可以吧？」

「當然沒問題，只要妳的朋友沒意見，我們都同意。」

崇輝那邊，裘加一本正經地說：「寒假我得去墾丁幫忙，爸媽出國，我忙得很。回來時再跟你聯絡。」

接下來，她便對死黨淮寧發動攻勢，苦口婆心地遊說：「反正妳沒去過墾丁，去湊湊熱鬧嘛！」

「人多的地方我沒興趣。」淮寧不為所動。

「台北一到過年就人去樓空，天氣又濕又冷，還不如到南部曬太陽，補補維他命D。」

「謝謝關心！我不缺任何維他命。再說，我打算在放假時好好念一下德文。妳忘了嗎？一開學馬上要考試了！」

「哎喲！妳別掃興了好不好！德文全班妳最棒，還念什麼？妳最需要的是去放鬆放鬆！」

「我很好啊！又沒有壓力，不需要放鬆。」

「淮寧，拜託啦！」裘加改變戰略，哀求地說，「就算是陪我好了！免費供吃住哦！上午幫忙站在櫃檯，讓客人看看妳漂亮的臉蛋和身材，下午就放牛吃草，讓妳去玩！」

「妳寂寞啊？真是天大的新聞！怎麼會需要我陪？」淮寧酸溜溜地說。

「平常妳不是都跟崇輝泡在一起？約妳吃個飯都沒時間！」

「不瞞妳說，我就是想躲他。」

「怎麼？小倆口吵架啦？不然怎麼會想到我？」

「對不起啦！平常冷落妳了。怎麼樣？就算是我給妳賠罪，請妳去墾丁玩？」

「這次換我沒時間了，我爸答應在寒假時教我開車。」

「那就只去一個禮拜！妳還有夠多時間可以練車，好不好嘛？」裘加一副可憐狀。

「三天吧！捨命陪君子，夠給妳面子了！」淮寧拗不過裘加的盛情，勉強答應了。

南台灣的天氣確實與北台灣有天壤之別：台北陰雨綿綿，墾丁卻豔陽高照。傍晚的小灣沙灘上，浪潮一波一波打上岸，放眼過去，是一片空曠。

「沒騙妳吧！」裘加拉著淮寧的手，「這裡不錯的！妳看，前面就是巴士海峽，再過去，就到菲律賓了。」

「在台北到處被擠來擠去，差一點忘記『海闊天空、一望無際』是什麼感覺。」淮寧深吸一口氣，張開雙臂，讓襯衫被海風吹得噗噗響。

「快說吧！」裘加推了推淮寧。

「說什麼？」

「說妳很感激我啊！帶妳來看海、呼吸新鮮空氣，清肺整腸。」

「感謝裘加大小姐的慈悲，我能多活兩年都是妳的功勞！」

「沒錯！」裘加露出得意的表情。「怎麼可以不謝謝我這個救命恩人！」

「妳的頭啦！」淮寧推了裘加一把，兩個女孩在沙灘上嬉鬧奔跑。

「好了，好了！停，停！」裘加抵不過淮寧的全身搔癢，氣喘吁吁。

「今天晚上我們聽歌去！」

「聽什麼歌？」

「去了就知道！是我的新發現。」裘加故意賣關子，吊朋友的胃口。

天才暗下，墾丁主街兩旁的店家就陸陸續續大張旗鼓，點亮招牌，迎接出籠的大批遊客。

裘加換上緊身褲、平底鞋，帶淮寧到一家富有南洋風味的Pub。

「喂！我還沒滿十八歲耶，妳確定我們能進來嗎？」淮寧望著牆上掛著的魚網、流蘇與木雕，塗成深紅、亮黃、海藍色的牆壁，以及天花板上垂吊下來的五彩水晶圓球，懷疑地問。

「放心！這裡是墾丁。只要不點酒就好了。」

「妳帶我來這裡幹嘛？」淮寧仍然不太自在。

「不是跟妳說了嗎？來聽歌啊！妳看，」裘加指向前面一個半圓形的小舞台，「等一下會有現場音樂。」

裘加口中的「新發現」，是這一家Pub的駐唱歌手，藝名叫詹姆斯，有著深邃的大眼、高挺的鼻樑、蜷曲及肩的長髮。他手持吉他，走上舞台，調一調琴弦，幽幽地唱起：

Strumming my pain with his fingers,
Singing my life with his words,
Killing me softly with his song,
Killing me softly with his song,
Telling my whole life with his words.
Killing me softly with his song……

「帥吧？」坐在前排角落的裘加用手肘頂了頂淮寧。「中美混血。你看他吉他彈得多好！」裘加掩不住一臉著迷。

「這是基本條件吧？沒一點本事哪能當歌手！」淮寧不像裘加一般陶醉。

「他的歌都是自己創作，比起一些光靠臉蛋、五音不全的人厲害多了！」

「這首可不是！『Killing me softly』連我都會唱，很老的歌了！」

「這只是暖場，好戲在後頭呢！」

「會搞音樂的人其實不少。咦！妳的崇輝不是很會填詞寫曲、自彈自唱嗎？」

「他哪能跟別人比？人家可是專業的！」

「要搞專業需要運氣、機會，跟實力不一定成正比。而且也要看目標，也許崇輝的心不在此。」

「就是嘍！他只能隨便彈彈，自娛罷了，上不了檯面的！」

「如果他要的話……」

「好了！別提他了！」裘加打斷淮寧還沒說完的話，目不轉睛地盯著舞台。「妳看他手指動得多快！太厲害了！台上沒有一個人跟得上他。」

酒吧裡，燈光越來越暗，只剩下五彩水晶燈反射出來的光線。台上的現場音樂也從輕柔、緩慢的抒情曲，變成節奏輕快的舞曲，再換成尖銳雷動的搖滾。大批大批的人湧進，佔不到桌位的，或坐在吧台，或拿著酒瓶、站著扭腰擺臀。

「要不要跳舞？」裘加問。

淮寧睜大眼睛，嘴角下壓，連忙搖頭。

「來嘛！我們到前面去，把帥哥看清楚一點。」裘加使勁兒拉淮寧起來。

「別逼我！要跳妳自己去跳，我留下來顧東西，免得位子被搶走！」

裘加果真鑽進舞池，高舉著雙手、搖晃著一頭散開的長髮，旁若無人地跳起舞來。

「我在做夢嗎？」淮寧自問。「那是裘加?!」

彷彿換一個場景、改變一下燈光、置身不同的群眾中，人便可以完全改變！淮寧從來不知道裘加能如此豪邁、狂野、忘我。是上學期的演戲經驗，還是墾丁的奔放熱情，讓裘加搖身一變，成了淮寧眼中的陌生人？

回到旅舍時，已經是午夜三點。裘加的奶奶站在店門口守著，看見孫女回來，嘟噥一句：「這麼搞到這麼晚？」

「不晚啊！Pub裡還有好多人呢！」裘加別一眼和她們一起進來的年輕旅客，「外面可熱鬧咧！」

張老太太無法多說什麼。的確，店裡的自動大門一直開開關關，不停有人陸續進來。年輕人特地下來度寒假，整個墾丁變成他們的天下，像個不夜城。好不容易逮到機會去狂歡，哪一個白痴會早早回下榻處睡覺的?!張老太太搖搖頭，她知道不能一邊對其他年輕人堆著笑臉容許所有的事，另一邊卻將孫女排除在外，給她總總的限制。想到收銀機裡那些從年輕人的口袋裡賺來的錢，張老太太知道：雙重標準在裘加面前是行不通的。

「早點睡！」她催促地說。

「都三點多了，妳奶奶還要我們早點睡！」淮寧一進到房間，馬上噗呲一聲笑出來。

「別理她，她自己都日夜顛倒。」

淮寧張開雙臂，打了個大哈欠，「不過，我真的要去睡了，好累！」

裘加不語，顯得心事重重。

淮寧逕自進浴室刷牙盥洗。五分鐘後她出來，裘加仍然坐在床邊，一動也不動。

「妳不累啊？」淮寧一邊換睡衣，一邊說。「還不快睡！這麼不聽奶奶的話！」

「寧！」裘加抬起頭，「我覺得好煩！」

「陪妳來妳還嫌煩？大小姐！妳還有什麼事不滿意？」

「淮寧！跟妳說真的……」裘加沒有絲毫搞笑的興致。

這時淮寧換好了睡衣，坐在裘加身邊。

「好吧！捨命陪君子！睡眠不足就讓它睡眠不足！說吧！發生了什麼事？」

「什麼事也沒發生！」裘加辯護。

「沒事啊？那好！我睡覺去，晚安！」

「啊嗯……」裘加猶豫，「妳覺得崇輝這個人怎麼樣？」

「我如果說他不好，不是會被妳打死？」

「淮寧！別開玩笑了！我是說真的！」

「那我也說真的。崇輝啊！他什麼都好，只有一個缺點。」

「什麼缺點？」

「就是太愛妳了！對妳百依百順，把妳寵得不像話。」

「妳覺得我們兩個適不適合？」

「這應該問妳自己啊！」

「我不知道……不確定……」

「小姐，」淮寧斜眼瞧過來，「妳是不是犯桃花，有第三者？我知道了！是不是那個Pub裡的帥哥？」

「拜託妳好不好？扯到哪裡去了！」

「不是？那是什麼問題？」

「我越來越覺得無法跟他溝通。我做的事他一點概念也沒有。」

「比方說？」

「妳知道我整個學期都在排戲，佔去的不僅是時間，還有全部的心思跟精力，連刷牙洗臉都在想台詞，還常常夢見劇中情節，不是下了戲就沒事了。我希望多了解、多體會，當然喜歡有人能跟我分析，談相關的事。但是崇輝對戲劇卻一點都不懂。」

「所以妳想跟他ㄊㄟ？」

「不是啦！只是覺得很沮喪，每次都得跟他解釋半天，他只是嗯嗯嗯，裝著在聽，其實根本興趣缺缺。而且，他對繪畫、藝術懂得也不多，只知道成天搞電腦！」

「妳的意思是說：他比不上妳？」

「也不是……反正他對我一點幫助也沒有！」

「啊！我懂了！妳是說，他不了解妳、不懂妳，沒辦法帶領、提昇妳？」

「我只是開始懷疑：他是不是真正適合我的人。這次演戲的經驗讓我發現戲劇對我的重要性；但是跟崇輝說，就好像對牛彈琴。」

「那麼，就妳看，誰才夠資格跟妳平起平坐呢？」淮寧故意試探，「難不成是那個叫陳哲的學長？」

「妳不要亂說，人家可是有女朋友的！」裘加的臉紅了。

「我早就注意到了！他已經名草有主，卻還不時跟妳三更半夜通電話、寫簡訊、搞曖昧。我猜他八成想劈腿！」

「我們是在討論劇情好不好！陳哲懂好多，他的腦袋裡裝了好多東西，像「孤狗」一樣，隨便說哪個歌劇家、電影導演、畫家、作曲家，古典或現代的，他都能馬上把他們的生平說出來，外加彼此的關聯、軼事。他最愛大提琴，有一次他放Jacqueline du Pré拉的Edgar給我聽，我一轉過頭來，他竟然哭了！因為惋惜這位才女的悲慘遭遇。還有，他分析Alban Gerhard詮釋德佛扎克大提琴協奏曲的神情——對了，他也會德文耶！厲害吧！——那份認真的模樣，我看了就感動！光聽都跟不上，真不知道他的記性怎麼會這麼好！」

「妳看妳，一說起陳哲，就兩眼發光，差點流口水！」裘加推了淮寧一把，忍不住笑了出來。確實，關於陳哲，她可以講上三天三夜，毫不厭煩；但是一想到崇輝，卻覺得索然無味。

「我看啊！妳的問題不小。典型的三角，哦！不！是四角戀。一時沒有答案，得小心謹慎處理。」淮寧不禁又打了一個大哈欠。「我太累了，無法仔細思考，可不可以改天再說？」

淮寧躺下，翻過身，不久便呼呼睡去。

裘加望著天花板，腦海裡浮現解析畫作的陳哲、導戲的陳哲、騎機車的陳哲、微笑的陳哲、嚴肅的陳哲……。這許多陳哲像自動放影機一樣，在裘加心裡輪流放映，任憑她轉過來翻過去，就是無法入睡。

「他喜歡我嗎？想我嗎？為什麼公演結束之後，他就沒了訊息？」

裘加清楚記得：那天，最後一場演出結束，曲終人散，裘加和陳哲在劇場的過道裡碰上，四周圍繞著吵雜嬉笑的家長、來賓、同學和老師。只有他們兩人，四目相交，不用言語，卻又有千言萬語。怎麼就結束了呢？陳哲挽著來看戲的女友，而裘加身邊，站著幫她捧鮮花的崇輝。導演和女主角兩人，都像被無形的繩索綑綁，抵擋著內心對彼此的情愫，不敢，也不能表白。

平常排戲時的親密感不見了！戲散了、人走了，裘加的心裡像被挖空了一個洞。她聽見心裡的一個聲音在喊著：我不要結束！不要結束！

陳哲那含情脈脈、看進她心坎裡去的眼神。

定格了多久？一秒、兩秒，還是好幾分鐘？陳哲的女友催促說：「走啊！」而在此同時，崇輝也牽拉著裘加往前。於是，影片繼續，人去樓空。

該死啊！

反覆的回憶加上無解的揣測，漸漸地，裘加的眼皮越來越重，終於在淮寧規律、沉酣呼聲的傳染下，裘加也進入了夢鄉。

兩人的這一覺，因為天氣的驟變，睡得特別舒適香甜。原本籠罩北部的低氣壓向南進攻，逐漸到達墾丁。一早，天空灰濛濛，不久便嘩啦啦下起大雨來，氣溫也跟著下降。涼涼的天氣助人好眠，過了下午一點半，裘加和淮寧仍然躺在床上爬不起來。

「喂！裘加，快兩點了，起來嘍！」淮寧首先意識到外面的雨聲，慵懶地說。

「妳先！」

「我好累……」

「我也是！」

「都是妳害的！」

「我怎麼害妳了？帶妳去見世面還被嫌！」

「我還沒打包行李呢！」淮寧坐了起來，揉揉惺忪的睡眼。

有人輕輕敲房門。淮寧求救般緊張地看裘加。

「一定是我爺爺。真煩！他自己醒了，全世界就得跟著醒。」裘加一邊抱怨，一邊朝門外喊去：「爺！幹嘛啊？我們還在睡！」

「我得趕快，不然會趕不上火車。」淮寧一轂轆跳下床，跑進浴室盥洗。

「趕不上就不要回去，再多陪我兩天。」裘加一邊梳頭，一邊慢條斯理地說。

「哦，不！說好只待三天的。我爸還在家等我學開車呢！」

「妳這個人什麼都好，就是野心太大！幹嘛急著學開車？」

「我打算出國唸書，妳忘了嗎？大小姐的記性真的不太好。在美國不會開車就像沒有腳一樣，超級不方便，不未雨綢繆是不行的！」

「我還沒決定將來要幹嘛，」裘加又躺回床上，雙手墊在頭下，「還有的是時間！」

這時又傳來輕輕的敲門聲。

「幹嘛啊！」裘加失去耐性地大吼，「催什麼嘛！」

她從床上一躍而起，衝去把門打開。

「嗨，裘！」崇輝滿臉笑意地出現在門前。

「你……？」裘加滿臉驚訝。不是別人在你感到寒冷時，脫下外套披在你肩上；也不是在你生日時，老死不相往來的鄰居突然捧著三層鮮奶油蛋糕過來給你的驚喜。裘加感到從心裡升起一股怒氣，無法壓下。

「你怎麼跑來了？不是跟你說我要清靜幾天的嗎？」

崇輝堆了滿臉的笑僵成一團。他知道自己沒有報備就來找人是個極大的風險，尤其裘加喜歡凡事先計畫安排，不喜歡改變跑道，也很難隨遇而安。但是他不想讓這份感情自然發展，因為就最近這幾個月的情況來看，「順其自然」就表示兩人會漸行漸遠，你不稍信我不問安，她在台北他在台中，生活的步調、接觸的人事物都不相同，「順其自然」就等於讓兩人一年多的感情「安樂死」。崇輝強烈地感覺裘加在疏遠、在脫離。她對他有份莫名的不滿，雖然崇輝自始至終沒有改變。

沒有按照約定逕自南下縱然不對，但是他仍然存著一絲希望：也許裘加會很高興看見他？也許她也想念他，像他想她一樣瘋狂？

崇輝伸手想碰裘加，裘加卻把他的手甩開。不！她不高興看見他，她也不想念他。鑾丁有夠多有趣新鮮的事情可以看、可以聽。有淮寧作伴，裘加不犯相思病；即使有，對象也不是崇輝！

「你在搞跟蹤嗎？」裘加沒好氣地說。

「裘加，我只是想知道妳好不好。」崇輝知道自己理虧，繼續陪笑臉。

「嗨！崇輝！」淮寧將整理好的行李袋拉上，過來打招呼。「真不巧，我要回台北了，得去趕火車。不過你剛好可以接班，來陪陪我們這位大小姐。」

淮寧朝裘加做了一個鬼臉，卻惹來一個白瞪。裘加沒有心情開玩笑，現在這個情況，在她眼中，一點都沒有娛樂的效果。

「裘加，我自己去車站就好，妳不用送了。好好陪遠道而來的客人！」淮寧存心戲弄，拉著行李走了。

女人，需要被呵護、寵愛、疼惜。一個急難時的幫助、一個體貼的小禮物、一句關心的話語，甚至一個開車門的動作，都能打動女人的心。但是，女人不是玩偶、也不是金絲雀，她需要被尊重，被了解；最好，能在她開口前，你就明白她最深的想望。這是男人的詛咒，尤其是有心上人的男人的詛咒。因為，要了解一個女人的心談何容易？特別是正當要脫離少女的青澀、轉變成女人的自主、成熟之際，她們都摸不清什麼是自己想要的、什麼是正確的、合理的，想要迎合討好她們，彷彿登天摘月般地困難！

此時，裘加和崇輝獨自坐在房裡。崇輝多想擁抱裘加、親吻她、告訴她他愛她、想她！但是裘加慍怒的表情清楚地表明：你來壆丁，是一個大錯誤！

「天啊！」崇輝心想，「要把女人摸透、把裘加摸透，究竟有誰能辦到？」他單純地盼望裘加能在怒氣中，至少看到他的關心、他對她的情愛。

「告訴你我想靜一靜，你聽不懂嗎？」裘加終於開口。

崇輝再一次試著去牽裘加的手。裘加的怒火像被添加了乾材，燒得更旺了！

「你以為我在跟你開玩笑？你到底懂不懂得尊重？我說不想見你，就是不想見你！躲到墾丁來都不行嗎？」

「裘加，妳先消消氣！好歹我也千里迢迢跑來……」

「厚臉皮！自己不守信用還不承認！你不是答應我會給我時間的嗎？說話像放屁一樣，根本不能當真！休想我會再信任你！」

不能信任我？崇輝覺得這個罪加得太重了！裘加任性、舌尖銳利，他不是沒有領教過；但是這回，他花盡了零用錢，買了昂貴的高鐵火車票，凌晨五點就爬起來，空著肚子，等車加轉車，整整五個多鐘頭的時間在路上。好不容易抵達台灣的最南角，連一口水都沒得喝、屁股都還沒坐熱，就得看裘加憎惡的臉色、聽她訓斥的難堪話語，把他說得一文不值。

「大小姐！我只是想來探望妳，用不著把我說成一個不守信用的人！」

「說話不算話，就是不守信用！」

「反正，妳就是不高興看見我……我覺得，我們必須好好談一談……妳是不是想結束這段感情？」崇輝沒料到自己這麼快就說出口。直到聽見自己的聲音，他才明白這個醞釀在心底有一段時間的疑惑與壓力。

「你不要逼我！」裘加叫出來。

「砰砰砰！」外面有人敲門。老張喊進來：「裘！小聲一點！」

「你走！我不要你留下來！我要好好想一想！」

「這女孩，真的一點都不留情面！」崇輝的心不禁涼了半截。

「妳知道嗎？這世上，最愛妳的人就是我了。我沒有妳那個學長天花亂墜的口才，但是我對妳絕對是真心的。」

「你不要拖別人下水！」

「妳跟那個叫陳哲的導演搞曖昧，不要以為我不知道！」

「你給我滾！」裘加再次大叫，甚至把崇輝帶來的袋子丟到地上。

崇輝坐在原地不動，心裡沮喪、憤怒、不捨種種情緒交錯，不能自己。

「你不走是嗎？」裘加說，「你不走，我走可以吧！」

說完，她開門衝出去，不管外面正大雨滂沱。

兩個年輕人關在房裡演出的鬧劇，旅舍上下全都聽到了。隔音效果極差的薄牆，擋不住任何稍微大一點的聲響。裘加的聲音高亢尖銳，尤其在她情緒激動時，更加不能控制。不巧那天因為天氣不佳，許多旅客都留在房間裡。「你算什麼東西啊？」、「我又還沒嫁給你，你管我什麼?!」等等來自裘加口中鄙夷的叫罵聲，穿過門縫、天花板，經過走道，傳進了櫃檯邊、大廳、電梯門口、樓上許多房間的人耳裡。有人抿嘴笑笑，有人皺眉嫌吵，更有人過來櫃檯詢問老張：「有人在『燒怕』是摸？」

「某歹治、某歹治！年輕人吵架，過一會兒就好！歹勢、歹勢！」老張忙著打圓場，同時趕忙過去敲裘加的房門，警告她收斂一點。但是房裡的聲響靜下來不到兩分鐘，馬上又砲火連天！櫃檯那邊必須有人收銀、招呼，老張被搞得全身緊繃。當他看見裘加衝出來，以為大戰終於終止了，沒想到孫女外套也不加、傘也沒拿，便一頭栽進大雨中。

五分鐘之後，崇輝像隻戰敗的鬥雞，提著背包、低著頭，默默地走出來。「爺爺！我走了！」他禮貌性地對老張說，臉上擠不出一絲笑容。

「喂！再待一會兒嘛！說不定……」話沒說完，崇輝已經走出了大門。老張雖然可憐這男孩，但是多一事不如少一事。要是這小子真的留下來，他這個老爺爺又能替他做什麼？再說，店裡還得由他來張羅呢！

裘加的任性與衝動，讓老張在客人面前面子盡失、崇輝食不下咽；而她自己，則染上急性肺炎。

午後的暴雨兩三下就把裘加全身浸濕。她發瘋似地一路往海邊跑，直到青年活動中心的屋簷下，才意識到水滴順著黏濕的長髮從冰涼的頭滴下，濕透的雙腳陷在海綿製的鞋墊裡。狂風咻咻地呼嘯，她的身體，像被電擊一般不停地打哆嗦。

當天晚上裘加高燒不退，胸部刺痛，還吐個不停。老張連忙將她送去醫院急診。值班醫生用聽診器在裘加的胸前、背後聽了又聽，最後決定將她留院觀察。

於是老張又慌慌張張、滿臉愁容地趕回去打點裘加住院需要的東西。

「唉！這孩子！叫她來幫忙，結果反而來惹麻煩……」他一邊往手提袋裡胡亂丟一些裘加的衣物、盥洗用具，一邊自言自語。「簡直是要把我的老骨頭折騰死！」他覺得自己一下子老了十歲。

「讓我去醫院吧！你店裡忙。」蘇謐接過老張手裡的手提袋，再把梳子和一面小鏡子放進去。

「這樣……好嗎？」老張語氣雖然不肯定，卻不自覺地鬆了一口氣。在這個節骨眼上，能有人幫點忙，他肩上的擔子就輕省了一些。

「她爸媽在紐西蘭，下禮拜才回來。我一個人實在分身乏術。」老張一屁股坐到沙發上。

蘇謐熟練地從衣櫃裡取下兩件洋裝、幾件襯衫，再去浴室的鏡子前蒐集裘加的乳液、面霜、睫毛膏，把東西統統塞進包包裡。時間的緊迫與專注的思維讓蘇謐一改往常瑟縮、躲藏的體態，天花板上吊掛的水晶燈正好白花花地照在她燒傷的那面臉上。老張頓時想：她這臉，也還好嘛！還是我習慣了？

「廚房的爐子上有一鍋雞湯，還是熱的。」蘇謐說。

老張這才發現自己還沒吃晚餐，肚子空空的。一聽見雞湯，口裡的唾液便自動分泌，胃腸也蠕動起來。「對厚！還沒吃咧！忙得都忘了。一講，肚子才知道餓！」

「你去吃吧！我也帶了一點給裘加。」說完，蘇謐提著袋子走了。

老張看著她的背影，突然感到倦意襲人，精神極度不濟。「還好有她……」他對自己說。

家裡出了事，兒子媳婦人在大老遠，老婆躲在家裡睡大頭覺，反倒得靠一個非親非故的外人，而且還是這麼一個孤單、惹人嫌的女人。她，究竟是什麼來頭？她的家人在哪裡？有孩子嗎？一連串無解的謎讓老張更加頭昏腦脹。他搖搖頭，用自己粗糙、佈滿老人斑的大手在臉上胡抹一陣。一時之間，脖子像失去支撐的力量，整顆頭猛地往椅背一甩。不久，眼皮便重重地垂掛下來。

蘇謐到病房時，護士正好在量裘加的體溫和血壓。

「情況怎麼樣？」蘇謐問。

「三十九度半，」護士的目光從溫度計轉向來客，原本瞇著的眼睛不禁睜大起來，眉毛上揚！雖然身為護士，看過無數殘疾病患，但是這樣毫無心理準備，猛然看見一張燒傷變形的臉，還是不免被嚇著。她趕忙低頭在報表上做記錄。

「血壓偏低，大概有貧血。」

「臉色好蒼白。」蘇謐看著閉著眼睛躺在病床上的裘加。

「好好休息。」護士丟下一句話，隨即像逃難一樣，匆匆走出病房。

「感覺如何？」蘇謐問袞加。

「怎麼是妳？爺爺呢？」袞加不太高興。

「他忙，走不開！」蘇謐先把一鍋熱騰騰的雞湯擺在床頭櫃上，然後放下手提袋。「給妳帶來一些必需品。」

「誰不好叫，偏偏叫這個鬼面來！是要我做惡夢嗎？」袞加翻了翻白眼，在心裡埋怨。因為感到寒顫，她把被子直直拉到耳朵邊。

「會冷是不是？」蘇謐問。

「嗯。頭痛得要命！」

「我給妳帶了一些雞湯，趁熱喝！」

「沒胃口。」袞加沒好氣地說，一邊咳個不停。

蘇謐看袞加直打哆嗦，連忙幫她把被子塞好。「我舀一碗給妳喝吧！熱湯喝下肚，就不會那麼冷了。」

蘇謐打開鍋蓋，香菇雞湯的味道馬上瀰漫開來。袞加想到自己一整天好像還沒吃東西，雖然沒啥食慾，但是雞湯的香味的確誘人。於是她勉強坐起來，從蘇謐手中接過湯碗，小嚐一口。濃郁的雞香配合著香菇和干貝，不油不膩，真是好喝！

「誰煮的？」裘加一邊歙歙地喝熱湯，一邊問。

蘇謐沒有回答，靜靜地把袋子裡的手機、拖鞋、睡衣、蘋果、以及裝滿乳液、唇膏、腮紅和眼影的盥洗袋一一放好。裘加咬了一口燉得熟爛的雞腿肉，不用蘇謐說，她也知道：這湯，不是爺爺燉的——爺爺沒有這樣的手藝和耐心；奶奶連廚房的沙拉油放那兒、爐火怎麼開都不清楚；爸媽又不在。那麼，肯定就是蘇謐了！

「沒想到這人不中看，倒還蠻中用的。」裘加在心裡揶揄。

突然，一陣咳嗽止不住，裘加把剛送入口的湯汁全給噴吐出來！蘇謐趕忙拿下湯碗，並且幫她拍背、擦拭濕掉的被褥。裘加連續咳了兩、三分鐘，頭痛更加劇烈了！她不由得哀哀呻吟。

「躺下吧！」蘇謐幫她把床頭的高度搖下來，枕頭的位置調整好，扶她慢慢躺下。

「你好好休息！缺什麼東西再告訴我。」蘇謐說。

不久，裘加便昏沉沉地睡去。她的呼吸聲急促、嘴微張、臉色蒼白、眉頭緊皺。蘇謐忍不住溫柔地伸手順順裘加額前的頭髮。

「堅強一點，快快好起來！」低沉地，她聽見自己喃喃憂心地說。

在蘇謐的細心照顧下，裘加的病情漸漸好轉：燒退了，頭痛不再那麼劇烈，胸部也不再作疼。隨著臉色轉紅潤，食慾也增加。但是她嫌醫院的伙食粗糙難以下嚥，總是把護士送來的餐盤原封不動推到一邊，然後殷殷企盼蘇謐做的好菜。常常，她在品嚐之餘，會不禁暗自狐疑：「是誰跟她通風報信？怎麼她準備的菜，都是我愛吃的？」

的確，這幾天來，裘加想念的煎蛋火腿三明治、咖哩燉肉飯、雞湯麵線等等，一樣都沒少！爺爺和阿修雖然來看過她幾次，但是遠不及蘇謐的頻繁。

「過年嘛！墾丁大街小巷擠滿人潮，做生意的人人都忙，誰會有閒情逸致跑醫院？」裘加在心裡認了。而且爺爺每次來，只會跟她倒數日子：「還有四天、兩天，妳爸媽就回來了！」好像裘加是個燙手山芋，他巴不得趕快轉手讓人！

而那個「寶貝」阿修叔，更不曉得從那兒弄來一個飄在空中的氣球——一顆咧嘴大笑的米老鼠頭！

「拜託！阿修叔！我幾歲啦？又不是三歲小孩，這個我可不敢拿！」裘加嬌聲嗲氣地埋怨。

生平第一次住院，就趕在爸媽不在家的時候。裘加雖然想念他們，但是說實在的，在各方面，她也沒任何缺乏。因為……，因為什麼呢？她轉過頭去看獨自一人站在窗前的蘇謐。她總是這樣：每天至少來醫院三次，不囉嗦也不廢話。她那張被毀容的臉上，有一雙關注的明亮雙眼。不然，她怎麼會知道裘加的所有需要？甚至在她還未開口要求之前，東西就在那兒了！比方說那個下載著所有裘加愛聽的音樂的MP3、那本她看到一半的易普生劇作集、她的平板電腦，甚至她特地帶下墾丁，準備考試用的德文文法書，也安安靜靜地放在病床邊。

住院進入第五天，裘加厭煩了醫院的藥水味和隔壁床病人噁心的咳痰聲，便催促蘇謐去詢問出院事宜。她自己正百無聊賴地用手機玩遊戲時，病房的門「啪！」地一聲打開，達良和阿桂急匆匆跑進來！

「妳這孩子！這麼大了，還不會照顧自己！」阿桂撲向裘加，又摸額頭又拉手的。本來想慰問，沒料到一出口，還是一貫的責備。

「怎麼不會照顧自己？難道妳就從不生病？」裘加因為母親的嘮叨，爸媽回來的喜悅馬上削減一半。

「沒錯，人人都會生病，但是用不著故意跑去淋雨。妳爺爺說……」

「好了、好了，別說了！」達良攔住妻子。「哪！這是我們從紐西蘭給妳帶回來的。」他把一雙羊毛靴、幾包蜂膠喉糖、一袋櫻桃，和一個綿羊抱枕拿給裘加。

「這是什麼？」裘加拿起一包肉色的膠狀物。

「妳表舅說是『魔戒』電影的紀念品，妳一定會喜歡！」

「啊！是精靈的尖耳朵！酷！」裘加拿起假耳朵比來比去。

「還酷呢！妳看妳，整個人瘦了一圈！」阿桂又開口了。「醫院的伙食不好，是不是？」

「難吃死了！不過……」裘加瞄一眼此時正好進門來的蘇謐。

「這是什麼啊？」阿桂還沒等裘加把話說完，便一把掀開放在床頭櫃上的鍋蓋。鍋子裡的東西已經被飽啖一空，阿桂把鼻子探進去聞一聞。「妳爺爺做的哦？來來！趕快回家，媽媽給妳好好補一補。」

「唉呦！妳這個人，一分鐘都閒不下來。進門到現在，就只聽見妳在嘮叨！」達良指責妻子。

「我嘮叨？叫你不要選在這個時候去紐西蘭，你偏偏要！店裡忙，孩子又出事，我們根本也沒玩到……」

蘇謐悄悄退出病房，心想：「讓他們一家人團聚吧！」

九　春吶

「叭、叭！」一輛黃色的保時捷招搖過街，速度不快，卻喇叭聲連連。墾丁主街上特地從各地來看「車陣」的擁擠人群，很捧場地大聲歡呼。保時捷的後面，尾隨著黑色的奧迪，之後是銀色的賓士、藍色的ＢＭＷ、米白車身、黑色敞篷車頂的Mini，以及海藍色的Volvo……。

一年一度在墾丁舉行的「春天吶喊」活動，除了有熱鬧滾滾的露天音樂會之外，更不知道從何時起，成了進口車迷炫耀展示的場所。一輛輛新穎、時髦、拉風的進口車緩緩駛進墾丁大街，有錢沒錢的大老、愛現耍酷的年輕人，抓住大批人潮圍觀的大好機會，好好展示平常無法在高速公路上一展雄風的名車。時速最高可達三百多公里的跑車，用蝸牛般的速度慢慢向前挪移。車內的人一點也不在意，敞篷的敞篷，不能敞篷的，便搖開車窗，將夾著雪茄的手伸出來招搖。駕駛座旁穿著迷你裙、飄逸著長髮的美眉，也在眾目睽睽下搔首弄姿。

誰想開快車？這些車，是拿來賣弄、讓人羨慕瞻仰的，慢慢開有什麼關係？

街道兩旁的人或吃棉花糖、或喝波霸奶茶，藍白拖和海灘鞋紛沓而過。

海灘上，勁歌熱舞！表演舞台上的電吉他笛笛嘟嘟，搭配著尖銳的彈弦、強勁的擊鼓：

為愛而生

哦，為愛而生……

台下，身穿比基尼、泳褲的年輕男女尖聲怪叫。女性粉絲甚至伸長著手試圖去抓台上的歌手，就算只摸到偶像的褲腳、沾沾他們身上噴灑出的汗，也值回票價！

老張的頭搖了又搖。他站在民宿門口抽煙，看著眼前來來往往、嬉笑打鬧的遊客，耳裡充斥著震天價響的車聲、樂聲、人聲。春天的墾丁是一幅繁榮興旺的景象，卻又像是一齣鬧劇，年復一年地重複上映。

「我先走了！你一個人顧店可以吧？」蘇謐戴著墨鏡、帽子，準備收工。

「可以、可以，沒問題！妳早點回去休息吧！這幫年輕人，不玩到三更半夜不甘休。我們跟他們沒法比！唉！」老張搖搖頭，垂頭喪氣。

「怎麼啦？有心事？」蘇謐問道。

「妳看看這裡，變得真快！」老張再次搖頭。「剛搬來這裡的時候……四、五十多年前了吧？時間過得好快！驚死人！……那時候，街上大多是牛車、三輪車，連腳踏車都沒幾輛。我們這一代，年輕的時候，得早起磨豆漿、砍材火，日子可苦的哪！哪有什麼娛樂！」

「上一輩的苦過，才有這一輩的享受。」蘇謐說。「裘加就非常好命，不是嗎？」

「講到她，我一個頭兩個大！妳說，哪有人這麼任性，故意跑去淋雨？還好病得不嚴重，已經出院回台北了。」老張鬆一口氣。「也多虧妳的照顧。我這把老骨頭，實在經不起折騰！」

對街的阿修此時正好走出來，看見老張和蘇謐在聊天，便隔街跟他們倆揮手。

蘇謐向他點頭示意，準備離開時，突然，一個金髮的外國小男孩驚慌失措，大聲喊叫：

「佛呀、佛呀！」

路上人聲鼎沸、汽車喇叭不斷嗶嗶嘟嘟，根本沒人搭理他。小孩像瘋了一般抓著人就拉，臉上驚恐的表情讓人退避三舍。穿著短裙的少女一手拿著可樂杯，另一手勾著男友的手臂，看見小孩骯髒的手伸過來，忍不住躲得遠遠的。「神經病、瘋孩子、鬼上身！」大家向躲瘋子一般避之惟恐不及。小男孩越喊越急、越喊越心慌。路上的人不理他，他索性跑進店家，「佛呀、佛呀！懊頭、懊頭！」地亂喊。海鮮店的老闆把他丟出門、飾品店的小妹趕緊把門關上，阿修估計小孩接下來就會跑進他的店裡來，正嚴正以待時，瞬間，蘇謐飛撲過去，抓住男孩的肩膀、蹲了下來。

只見蘇謐和男孩子唧唧噥噥地交談，孩子臉上漆黑、淚流滿面。蘇謐一躍起身，跑到櫃檯，抓了一把鑰匙，把小孩放置在門前的一輛出租機車後座，然後自己坐上去，啟動油門，呼嘯而去。

「搞什麼鬼啊？」路人議論紛紛。

「鬼面和洋鬼子，倒也配！」

不一會兒，大夥兒便繼續吸著波霸奶茶、評論過眼的車種。很快便將剛剛那齣「有看沒有懂」的雜戲拋到九霄雲外。

「借過、借過！」蘇謐在擁擠的車陣與人群中載著孩子奮力前進。「搭狼、搭狼！」孩子在她身後指示方向。甩開人潮之後沒多久，蘇謐就遠遠看見沖天的煙焰——一輛私家轎車迎面撞上路樹，正嗶剝嗶剝地燃燒著。

「咱拔、媽蜜！」男孩嘶喊。蘇謐攔著他，不讓他靠近火場，並囑咐他保持安全的距離。同時，她趕忙掏出手機，打電話通知消防隊與救護車。緊接著，她跑到旁邊的草叢，拖來一把長滿樹葉的枝幹，瘋狂揮打車身，企圖滅火。濃煙瀰漫，但是她說什麼都不願放棄。

海風陣陣吹來，朦朧中，蘇謐看見前座一個身影，二話不說便一個箭步衝過去，抓住那人的兩條腿，使勁兒地往外拉。車內的女人已經不省人事，但是還有氣息。接著蘇謐想再去救駕駛，但是他身形高大，被緊緊卡在方向盤和座椅中間。蘇謐被濃煙嗆得眼淚直流，不斷咳嗽。

「不要！千萬不要！」她的吼叫，彷彿絕望的祈禱。

遠處，消防車汽笛的尖嘯聲，已經隱約可聞。

救護人員把傷患放在架子上準備抬走時，滿臉漆黑、頭髮散亂的蘇謐把在一旁哭泣的外國小孩牽過來。「他們的孩子，」她說，「帶他一起去醫院！」

救護車再度虎急急地揚長而去。蘇謐低頭一看，才發現自己的衣袖全被扯破。她還來不及喘一口氣，整個人也昏了過去。

十 往事

「很不幸，傷到了支氣管，所以呼吸這麼急促。如果她的痰持續那麼濃稠，我們會考慮碳酸氫鈉噴霧治療。不過，這方法可能會引起支氣管痙攣，所以必須同時使用支氣管擴張劑。而且她還有氣喘，可能是舊傷遺留下來的後遺症。總之，我們必須觀察之後再做決定。」

巡房醫生自言自語般解釋蘇謐的病情給阿修聽，阿修對那些醫學名稱、治療方法一竅不通，只能嗯嗯啊啊，點頭稱是。

「醫生看怎麼做最適合，我們盡量配合。」阿修邊說，邊恭恭敬敬地送醫生走出病房。

「阿修！」蘇謐用微弱的聲音喊他。

「啊，醒了？」阿修趕緊跑過去。

「我怎麼會在這裡？那一家人呢？」蘇謐問。

「還好、還好！慢慢來！妳昏睡了兩天，先不要說太多話。」

「我想坐起來……」

「我來、我來！妳別亂動。」阿修把床頭搖高，拍拍大枕頭，再扶蘇謐靠著。「哪！這樣可以嗎？」

「謝謝！」蘇謐的聲音異常沙啞。

「妳也真是的！一個女人家跑去車禍現場救人，多危險啊！要不是我眼尖，妳前腳騎車跑掉，我趕快把店門鎖上，後腳就跟著你們來了。路上人多車擠，我差點就跟丟了。要不是聽見救護車的聲音，我跟過去一看，才發現妳昏倒在路上！吸進太多濃煙了，醫生說得觀察幾天。」

「那一家人……」蘇密忍不住咳嗽。

「慢慢來，慢慢來，不要多說話！那孩子當然嚇死了！媽媽還好，是妳把她拖出來的吧？爸爸的情況比較嚴重，還在加護病房裡，仍然昏迷不醒。這些阿竇仔，就愛開快車，聽說還喝了很多酒！我們這兒地方小，人又多，哪能跟國外比！警察說他們是德國人，難怪那孩子大吼大叫，都沒人聽得懂，只有……。蘇謐，原來妳會說德文啊！」

蘇謐閉起眼睛。「那男孩子呢？有人照顧嗎？」

「他跟他媽媽在一個病房裡。聽說已經通知德國的家屬，很快就會有人來處理。妳還是安心養病吧。我給妳帶來一些吃的，需要什麼，盡管說。」

蘇謐點點頭。「你的店呢？不能沒人顧……」

「沒事、沒事！老張會過去幫我看著。他這個人，不喜歡醫院。妳別介意啊！」

「麻煩你，」蘇謐指著窗戶，「幫我把窗戶關起來，好嗎？有點冷。」

「醫生說要保持空氣流通，」阿修有點為難，「呼吸新鮮空氣，對妳的肺很重要。來！被子拉高一點！房間亮一點心情也比較開朗嘛！」

「那關小一些可以嗎？」

「沒問題！」

阿修把窗戶關小的同時，遠遠地看見裘加正好拿著一束花朝醫院的大門走來。

「總算還有點良心。」他喃喃自語。

裘加刻意避開今年的音樂季活動，一方面是因為上次肺炎事件，阿桂不放心她；另一方面，崇輝好久沒跟她聯絡，幾乎消聲匿跡一般，裘加用不著再刻意跑去墾丁躲人。聽見蘇謐受傷、躺在醫院裡的消息，一開始她只是覺得好笑，奇怪命運的捉弄，好像一跟醫院沾上邊，就沒完沒了！但是沒多久她便感到良心不安，覺得自己有義務去醫院探望蘇謐。

「好一點了嗎？」裘加問。「我肺炎才剛好，妳就呼吸道受損，這也太巧了吧！不知情的人還以為是我害妳的！」

蘇謐苦笑了一下，沒有多言。

「這間病房比我那間亮多了，也沒有臭味。」袞加環顧四周。

「妳們聊，我去外面買點喝的。」阿修讓出位子給袞加，自己走出病房。

「那人，」袞加放低聲音，指著幕簾後的鄰床病人，「會不會打呼？」

蘇謐搖搖頭。

袞加用力拍了一下自己的大腿，說：「妳的運氣真好！」

「謝謝妳來看我，」蘇謐說。

「妳爺爺說妳不打算下來參加春吶活動的，不是嗎？」

「也沒什麼好參加的，每年都大同小異。……妳，」袞加突然吞吞吐吐，「妳不用謝我。上次我住院，都是妳在照顧，我還沒謝妳呢！」

蘇謐大概是疲累，又把眼睛閉上。

「不舒服嗎？」袞加問。

「胸部有點痛。」

「我知道那感覺，超討厭的！而且呼吸困難對不對？」

蘇謐點點頭。

「他們跟我說，是妳最先發現車子起火的，因為妳聽得懂德文。妳，真的會講德文？」

蘇謐默認。

裘加把眉頭一皺，一副不可置信狀。「妳在哪裡學的？」

「德國。」蘇謐輕聲回答。

「啊！妳住過那裡？為什麼？」

「我在那裡念書。」

「什麼?!」裘加不相信這個面貌醜陋、在他們家打掃的清潔婦，竟然曾經是個留學生！她把雙臂交叉在胸前，「妳倒是說來聽聽！」

「沒什麼好說的。」

「我得知道妳的底細……哦，抱歉！」裘加馬上摀住嘴，想到她是來探病的，不是在跟自己的母親說話，不能這麼沒禮貌。於是馬上改口：

「我是說，我們對妳了解不多，很想知道妳在德國的生活。妳告訴我嘛！」

「來墾丁之前，我的家其實在德國。」

「妳的家？妳在那裡有家?!」

蘇謐點點頭。「在那裡住了二十多年，拿學位、結婚、生子……。」

「然後呢？妳怎麼會……？」

「怎麼會跑來墾丁？」蘇謐搖搖頭。「一切都沒了。我曾經擁有的一切，完全沒了！」

「發生了什麼事？」

「我親手毀了他們。」

「什麼?!」

蘇謐沉默不語。

「妳說啊！」裘加催促。

「因為憤怒！」

「憤怒？難不成妳火大把他們都殺了?!」裘加做了一個誇張的鬼臉。

「可以這麼說。」

「天啊！」裘加摀住嘴。「我不相信。妳騙人！」

「妳不相信，是因為我看起來不像一個殺人犯，還是不相信我有這個能力？」

「……」裘加其實想說：她做夢都沒想到，自己會跟一個殺人犯扯上關係。

蘇謐不自覺地扯自己的頭髮，彷彿這段往事，需要加強肉體的痛來刺激，她才有勇氣說出來。

「彼得和我在大學的舞會裡認識。當時我在做博士研究，他還在念碩士班。」

「妳在德國念博士?!」裘加的眼睛睜得更大了。

是的。她的這個博士做得既圓滿又成功，是她頭頂上最閃亮耀眼的光環。但是這個光環與其說是祝福，不如說是詛咒。

當蘇謐抵達麻省理工學院時，才剛滿二十二歲。台大化工系一畢業，她便起身前往新大陸，追逐她出國留學的夢想。這個夢想是她細心計畫安排、遵照時間表一一逐步實行的。畢業之前，她已經考完托福、GRE，拿到學校的錄取通知、申請到宿舍、考上駕照，連誰去機場接機都安排妥當。

美國的碩士課程對她來說不費吹灰之力，別人忙舞會、郊遊之際，她計畫好該修的學分，該寫的報告，給自己一年半的時間，名校生物碩士的文憑就到手了。

繼續念博士嗎？蘇謐猶豫不決。「回台灣吧！」母親說，「妳爸身體不好，時間不多了。妳已經是我們蘇家三代以來出的第一位洋碩士，頂著世界十大學府畢業的頭銜，回來找工作絕對沒問題！」

蘇謐並不擔心找不到工作。這方面她胸有成竹，不用母親說。只是，人生就這樣了？拿學位、找工作、賺錢、結婚、生子，然後呢？就等退休、等死？蘇謐感到心裡的一股反叛、一種不滿意、不滿足。台大的第一志願、出國喝洋墨水、學成歸國、高薪工作……，就算她一切都到手了，又如何呢？

也不過如此！她還不到二十四歲，那些可預見的人生既定模式、功成名就的軌跡，顯得多麼沒有目標與意義！

「我決定去自助旅行！」她跟父母說。

「去哪裡呢？」父母問。「美國還不夠大，妳看得還不夠多？」

「我想飛去大西洋的另一邊，去歐洲！」

蘇謐用剩下的一點獎學金，省吃儉用當個背包客，飛去倫敦看莎士比亞舞台劇、去巴黎逛羅浮宮，再沿著萊茵河下到瑞士。當她坐纜車上處女峰，站在零下十幾度的山頂、雙腳埋在二十公分深的白雪裡、顫抖著雙唇眺望遠處、若有所思的當兒，一個夾帶著濃重口音的聲音用英文問：「美極了！是不是？」

蘇謐轉頭一看，是一個留著滿臉大鬍鬚的外國佬，毛絨的帽子從頭頂一路遮到耳朵。「第一次來嗎？」

「是的。」蘇謐說。

「那裡是奧地利。」陌生男子指著右手邊的遠方說。

「哦！馬勒的故鄉。」蘇謐回答，「我最愛他的第五號交響樂！」

「是嗎？」陌生男子故作鎮定，沒料到這個東方女孩還懂西方的古典音樂！

「哪！」他指向左手邊的遠方，「那裡是德國。我打那兒來。」

這位德國佬邀請蘇謐進去專供人取暖休息的山頂小木屋，和一群同樣坐纜車上來的旅客一起喝咖啡。德國佬的妻子端來兩盤蛋糕，「哪，古斯塔夫，你愛吃的蜂蜜布丁口味！」

「謝謝！寶貝！」德國佬給妻子一個親吻。「這個女孩是從台灣來的。」

「真的？」德國妻子大叫，「我們去年才去那裡！那地方叫什麼來著？太魯閣是嗎？漂亮極了！台灣人好友善，東西又好吃……」女人滔滔不絕數算台灣的優點。

閒談之中，蘇謐得知這位滿頭白髮（拿下那頂絨帽之後，蘇謐才發現）的老先生，原來是德國海德堡大學的教授。他和妻子沒有生育，覺得跟蘇謐一見如故。教授聽說蘇謐剛剛從麻省理工大學畢業，一聊起論文的主題，才發現正是自己研究的領域。

「太巧了！」教授大叫。「有沒有興趣來德國繼續做生物化學的研究？」

「天下沒有所謂的巧合，」德國妻子說。「甜心！妳是註定要來歐洲的！」

古斯塔夫‧慕勒答應做蘇謐的指導教授，並積極幫她申請學校宿舍和助學金。

然後，在一個秋高氣爽的午後，蘇謐乘著希望的翅膀，懷抱著躍躍欲試的心情，翩然飛臨歐洲大陸。

歐洲的人文氣息和北美有天壤之別；海德堡如詩如畫的環境，讓蘇謐一見鍾情。這個堪稱德國最古老的大學在一三八六年建立，當時美利堅合眾國都還沒成立呢！城裡的中世紀城堡和教堂都有比美國還悠久的歷史。歌德、黑格爾等等響亮的名字，都跟這個城市連在一起。城裡有內卡河流貫，萊茵河也距離不遠。從「哲學家小徑」俯瞰內卡河對岸的海德堡老城，一片楓葉火紅，美不勝收。雖然美東的秋天也美，但是比較起來，就是少了那麼一點神祕古老的氣息。

蘇謐課餘之暇，參觀古蹟、教堂，聽音樂會、看舞台劇、逛博物館，讓她大嘆與歐洲相見恨晚！尤其令她驚喜的是：歐陸的面積不大，火車坐個幾小時，就到了另一個國家，說另一種語言，體驗另一種文化。蘇謐除了擁有極佳的數理頭腦之外，也有優於常人的語言天賦：德語在半年之內已經能跟德國人自在交談；另外，她還自學法語，聽得懂一些西班牙語與義大利語。語言的流暢更加深她旅行的興趣，她想去體會米蘭昆德拉的布拉格、柏格曼的烏普薩拉、莫札特的維也納……。

「我還想學俄語，用原文讀杜斯妥也夫斯基的『罪與罰』。」蘇謐跟慕勒教授說。

「妳確定自己選對了專業？」慕勒教授懷疑地問。「也許妳該去念人文學科，文學、藝術之類的。」

「你對我不滿意，想趕我走？」蘇謐半開玩笑地說。

「不、不！妳在表皮生長因子方面的博士研究做得一點也不含糊，我高興都來不及，妳想走，我還不放人呢！」

事實上，慕勒教授對這位亞洲來的、外表看來瘦弱柔順的長髮女孩滿意得不得了。

「如果我們有兒子的話，」他私下對妻子說，「說不定還能留她當媳婦！」

無奈，慕勒夫婦畢竟沒有兒子。媳婦，蘇謐是當成了，但是是另一個家庭的。

畢業前，蘇謐走進了另一個德國家庭當中。

彼得的外表不是讓女人一見傾心的帥哥模樣。相反地，他個子不高、留著一臉絡腮鬍，頭頂的髮線退得厲害，已經有禿頭的跡象。當他手端雞尾酒在震天價響的期終舞會裡朝蘇謐走來時，蘇謐還以為是系裡來的新講師或教授。

「天啊！剛剛才考完試，我可不想跟教授討論成績！」蘇謐心想。隨即趕緊轉頭，跟身邊平常不打交道的黛伯拉閒聊。

沒想到這位「不識相」的「教授」竟然站在旁邊守著，等到黛伯拉花枝招展、扭腰擺臀地被男友牽走後，他馬上插進來：

「妳好！」他用中文說。

「你好！」蘇謐不太熱衷地回應，心想：「是啊、是啊！『你好』還不簡單，誰都會說，別跟我秀你的中文了！」她急忙東張西望，尋找下一個救兵。

「我很喜歡中國。」這位「教授」繼續說，還是用中文。

「喲！發音還不錯嘛！」蘇謐心想。勉為其難地把頭轉回來。「我台灣來的。」

「我聽說了。慕勒教授對妳讚不絕口，妳是他的得意門生。」

「謝謝！」

「中國文化很有意思。」他又用中文說。

「是嗎？」蘇謐還是不起勁。「你中文哪學的？」

「北京。我在那裏學中醫。」

「這麼說，你是醫學院的嘍？」蘇謐改口用德文。聽外國佬說瘸腳中文，讓她感到全身不自在。

「不！我念哲學。」

「真的？」蘇謐的耳朵頓時豎起來。她一向對哲學非常感興趣，經過歐洲將近四年的薰陶，她在這方面的熱情更是有增無減。

但是他說什麼來著？「念」哲學？他不是教授嗎？

「你……，是學校新來的教授吧？」蘇謐小心地問。

「教授？哈哈哈！」他大笑起來。「是就好了！我碩士都還沒畢業呢！彼得，彼得·史密斯，很高興認識妳。」彼得伸出手來。

「蘇謐。你好！」蘇謐也伸出手去。第一次正眼看眼前的德國佬，才發現他有一雙深邃的藍眼睛。

「哲學和中醫，挺有意思的組合。」蘇謐說。

「嗯！中醫其實和哲學分不開，而中國的哲學和西方的文化也有許多相似之處。」彼得一副學者的表情。

「這麼說，你的專題應該是中西哲學的比較囉？」

「還不一定。我發現中國的建築也挺有意思。另外，要真正搞好醫學，你也必須涉獵神學和心理學。對了，我原來是學資訊，半路轉念哲學的。」

「為何不？」蘇謐說。同時暗想：此人難不成是天才？至少他興趣廣泛，比起系裡那些成天只知道數學公式，在實驗室裡與試管為伍的理工學生比起來，實在有趣多了。

DJ正好播放皇后樂團的「別阻止我」（Don't stop me now），蘇謐隨著樂聲用腳輕打著拍子。

「想不想跳舞？」彼得問。

蘇謐把喝到一半的馬丁尼放下，任彼得牽著她的手進入舞池。那支舞，是他們戀情的開始。此後，彼得三天兩頭跑來蘇謐的宿舍，跟她的其他室友打成一片。不到兩週，他索性不回自己的住處，戀上和蘇謐擠一張單人床的甜蜜溫暖。

對正在準備博士答辯的蘇謐來說，戀愛是耗時又費事的奢侈。但是此時的她似乎累了，這麼多年來不斷在學業上的打拼，從美國到歐洲，雖然一切做得有聲有色，但是心裡一個聲音越來越大聲：該定下來了！

就在蘇謐即將拿到博士學位，春暖花開時節，站在一片盛開的櫻花樹下，蘇謐答應了彼得的求婚。

「OK，妳是博士，那他呢？」裘加聽得津津有味，忍不住發問。

「沒多久孩子就出生了。彼得有『男主外、女主內』的傳統觀念，原本就反對我出外工作；現在有了孩子，我反正脫不了身，他便決定中斷學業，出去找工作。有很長一段時間，我們一家三口擠在十坪不到的公寓，家中雜物散亂一地。後來老二又出生，單靠他四處打工的薪水根本不夠用。」

「四處打工？難道他沒有一份固定的工作？」裘加問。

「彼得眼高手低，一直覺得自己懷才不遇。工作上若遇任何衝突或困難，他都不願妥協或讓步，因此總是在一個公司待不久。我已經記不得他總共換了多少工作！再加上德國的社會很重視學歷與頭銜，彼得碩士沒畢業，又沒有一技之長，機會自然就比別人少很多。

「經濟上的拮据其實不是我們最大的問題。德國是一個社會福利制度相當完善的國家，我們的收入雖然不多，但是加上政府每月給付的津貼，省吃儉用生活還是過得去。真正的問題，是我對他完全失去信心。生活再苦，你只要有盼望，未來還是光明的。但是你一旦懷疑起你以為可以依靠的人的能力時，一切就會分崩離析。我對他極度失望，埋怨他之前的承諾全是假的。

其實他並沒有承諾什麼，是我自己對『理想丈夫』的要求與投射。他講起話來頭頭是道，引經據典，讓我對他產生英雄崇拜的錯覺。但是，一年、兩年、三年過去了，孩子都生了兩個，他仍然一事無成。我漸漸對他失去信心，覺得他只會空口說白話，沒有實際行動、做大事的能力。我看他，從以前的景仰，變成一無是處。心裡的失望加上不滿，導致我看他處處不順眼，動不動就大發雷霆，嫌他笨手笨腳，不會處理事情。對他，我特別沒有耐心。同樣的錯誤，別人犯可以，一旦在他身上發生，便不可原諒！遲到，我就罵：『你就是這麼不負責任！』牆上的畫掛歪了，我就嘲諷：『這麼邋遢，一點小事都做不好。』東西買錯、忘記，就被我嫌：『是不是沒長耳朵？講話有沒有在聽?!』他的體重增加，我就嘲笑：『不會自律的傢伙，吃東西沒節制。』

「從我口裡出來的，全是刻薄的批評，既冷酷又無情。彼得像走在佈滿地雷的戰區，必須步步為營，得不到應有的尊重。在外人面前，我是最和藹、最親切、最陽光的人；一回到家，面對彼得，我便成了最口無遮攔、面露凶光的母夜叉！我不知道為什麼會這樣，也不知道從什麼時候開始？彼得一開口，說不到兩句話，我就厭煩無比。心裡一個聲音輕蔑不屑地說：『除了高談闊論以外，你到底有幾斤幾兩啊？』我甚至後悔當年瞎了眼，才會嫁給他！那時，我們兩人都極端痛苦。漸漸地，我的脾氣變得更加暴躁，對他沒有任何一點包容與忍耐。『你算老幾啊？老娘可是博士哪！下嫁給你，犧牲了我的事業與前途，還給你生了兩個孩子。你欠我的債，這一輩子都還不清！』每次一爭吵，我就這麼大聲辱罵。

「終於，事情發生了……」

蘇謐突然止住，說不下去了。裘加看見她更加用力扯自己的頭髮，正想過去阻止，蘇謐深吸一口氣，繼續說：

「那天，我們帶孩子上百貨公司買東西。他想去看3C產品，一溜煙人就不見了，讓我們在外頭乾等。我一肚子氣，怒火不斷地燒，每等一分鐘，就丟進一些材火，越燒越旺。等他終於回來，我破口大罵，什麼難聽的話都說了出來。他不認罪，我更火了！抓起汽車鑰匙，還不等他和孩子繫好安全帶，便猛踩油門，開車向前衝！他在旁邊一直替自己辯護，越辯護，我便越生氣。『你算什麼東西！』我大叫！『腦殘！白痴！』車子剛好開到圓環，我憤怒的手一直在方向盤上槌打，他大喊：『小心！』然後就發生了。」

「發生了什麼？」

「我不知道。醒來的時候，我全身插著管子、臉上包著紗布，無法動彈。他們告訴我，都……，都死了！全被燒得不成人形。只找到宇宇正在矯正的兩顆牙，還有小柔衣服的一塊布。那還是我們前一天才買的，她好喜歡……」蘇謐的淚水嘩啦啦流下來。她心裡的傷痛仍然沒有痊癒，這一次的傾瀉，一發不可收拾。

「難怪妳會奮不顧身跑去救那個小男孩的爸爸媽媽，是不是想到妳自己的那場車禍？」裘加與其說是在提問，不如說是在自言自語。她從來沒有看過一個成年人在她面前這麼痛哭流涕，一時不知道該如何反應。

蘇謐沒有回答，只是不斷地抽泣。她的呼吸更加急促，幾乎喘不過氣來。

哭了多久呢？裘加不知道。她只意識到蘇謐哀號的同時，她前所未有地對這個外表醜陋的女子感到無限的憐憫。

突然，蘇謐抹抹臉，止住了哭聲。「我因為『過失致死』罪被起訴，法官看我自己被燒得人不像人、鬼不像鬼，家破人亡，大概是起了惻隱之心，又因為沒有酒駕的嫌疑，最後只判我兩年的監牢。哼！他們只知道酒精會麻醉身體，卻不知憤怒同樣會讓你喪失理智。我恨不得他們把我吊死、電死，或是槍斃都行！」她激動地不斷喘咳。

「好了、好了！別再說了。妳的肺受不了的。」裘加有點後悔自己如此好奇追問。

「妳用不著可憐我。」蘇謐那張倔強的臉，像在宣告：傷痛再深，我都罪有應得！

她再度深吸一口氣，很艱難地說：「時間不能倒轉，有些錯誤，再也無法修正。」

突然，她把頭髮撥開，露出難看的傷疤，大剌剌地給裘加看。

「有時候，我倒覺得這些疤很好，告訴別人，也提醒自己：我是多麼醜陋的人！我指的不只是外表，更是內心。」她突然苦笑一聲，「記得我第一次戴上眼鏡的時候，十三、十四歲吧？還在讀國中。因為看見臉上的黑痣而大大吃驚。在那之前，我還以為自己的皮膚光滑白皙。其實，那些黑痣一直就在那裡，只是因為自己近視，看不清，就以為它們不存在。我還很以自己的理性和美貌為傲：去美國拿碩士，再轉歐洲念博士，語言是小case，交際、適應環境更不是問題。生命是什麼？困難是什麼？挑戰?!來吧！誰怕誰呢？憑我的聰明才智，有什麼事、什麼人能難倒我？

「經驗，其實不是教給你新的東西，只是剝去蒙在你眼前一層又一層的面紗，讓你漸漸看清世事，認識自己。我有傲人的學歷、姣好的外表，那時候，甚至想：誰娶到我，誰就是世界上最幸運的男人！多荒謬啊！幸運什麼呢？孩子沒了、命沒了，這叫做幸運？帶給他們的，不過是災難啊！」

蘇謐的眼眶又濕了。

「年長、成熟，其實是讓自己不再那麼可笑。在夜闌人靜，靜到你聽得見自己心跳的時候，不會再因為自己的驕傲而臉紅。」

蘇謐兩眼炯炯有神地逼視裘加，裘加被看得渾身不自在，不自覺地低下頭來。

「妳在台灣的家人呢？」裘加突然想起。

「沒聯絡了。」蘇謐幽幽地說。她清楚地記得：留學期間，父親壯年時感染的慢性肝炎轉成肝硬化，最後終於變成肝癌。從罹癌到過世的六年半裡，父親住院、醫療的一切事宜，都是姐姐和姊夫在打理。

有一次蘇謐回國，姊夫到機場接她。開車回家的路上，姊夫語重心長地說：

「上次爸連續好幾天便秘，我去醫院用手幫他把糞便挖出來。他跟我說：『謐出國後，整個變成外國人了！』」

蘇謐不笨，她知道：姊夫的言下之意，是說在爸爸眼中，女兒已經變成漠不關心、遠走高飛的陌生人了。

既然在父親的晚年缺席，沒有盡到為人子女奉養的責任。現在父親走了，剩下高堂老母一人，自己在國外闖了大禍，怎好再回去增加他們的負擔？

「還好我爸爸已經死了，不然，他不知道會有多痛心！」蘇謐說。

「他們知道妳回來了嗎？」裘加還是止不住好奇。

「不知道。他們住台北，所以我躲到南部來。」

「這……，不給他們消息，不太好吧？」

「呼！外面好熱！來、來！我給妳們買了飲料和水果。」阿修興致勃勃地走進來。蘇謐已經換回一慣的冷峻神情，裘加雖然意猶未盡，卻感覺有千斤重擔壓在心頭。阿修的即時打斷，讓她不覺鬆了一口氣。

十一 重訪

裘加離開醫院，回民宿的路上，夜幕早已低垂。她低著頭，若有所思地走上大門前的階梯。自動門「嘩！」地打開，待她一抬頭，崇輝站在她面前。

「你……！」裘加掩不住驚訝的表情。

「怎麼又來了，是不是？」崇輝搶先說。「放心，我不是來找妳的。蘇姨怎麼樣了？」

蘇姨？誰是蘇姨？鬼面嗎？什麼時候崇輝跟她熟絡起來，還喊起阿姨來了！

「你是說我們家那個打掃的？」裘加皺起眉頭。「她在醫院裡。」

「我知道，我特地下來看她。她還好吧？」崇輝臉露擔憂。

「還行！吸進太多濃煙，醫生要確定有沒有二氧化碳中毒，已經照了胸部X光片，現在在等驗血報告。」裘加就事論事。「看來你跟她很熟？」

「上次我來的時候，在她那兒住了一晚。」

「什麼?!」裘加大叫。「真的假的？我以為你馬上回台北去了。」

「妳跑出去之後，我整個人頭昏腦脹，一時無法思考。是想馬上回台北沒錯——要不然還能去哪裡？——但是我不喜歡衝突，更討厭誤會。話沒說清楚，就像一件事沒做完一樣，沒法安心。我本來想先在外面晃一下，晚一點再過去找妳。那時候心裡想：再氣，妳總會回家吧？結果，妳知道那天下著大雨，我沒帶傘，在外面晃了幾個小時，全身都濕透了，也錯過了回台北的最後一班車。還好碰到蘇姨，她好心收留我住一晚。否則，我可能也會像妳一樣，大病一場。」

「你知道我生病的事？」裘加問。

「當然！蘇姨都告訴我了。我本來想來看妳，但是考慮到住宿的問題——妳知道我沒錢，又怕妳會再度發飆，所以蘇姨建議我留在台北。她要我放心，說妳在這兒有人照顧。我每天打電話來詢問妳的狀況，直到妳出院，恢復健康。」

「天啊！這些事你怎麼都沒跟我說？」

「裘加！自從上次我們大吵一架之後，妳什麼時候給我機會和妳見面，或是面對面地談話？」崇輝一臉無辜的樣子。

裘加一時無語。崇輝說的沒錯：是她，一直不回簡訊、不開手機、不接電話、避不見面。

「蘇姨傷得重不重？我想去醫院看她。」崇輝看著自己手上拿著的一束花。「但是妳爺爺說探病的時間已經過了。」

「明天吧！」裘加說。「明天我陪你去。」

「妳願意？」崇輝喜出望外。

「不然，你找不到路、走錯病房，多丟臉啊！」裘加不改詞鋒犀利的本色。

「今天晚上，叫爺爺給你安排一間房間。放心，不會跟你要錢的啦！你這個窮光蛋！」

十二 傾訴

蘇謐在醫院總共待了兩個星期。這期間，達良減少台北的交際應酬，和阿桂輪流帶著兒子到店裡幫忙。裘加也捨棄週末玩樂休息的時間，來旅舍清垃圾、站櫃檯、接電話，甚至帶上塑膠手套，捏著鼻子打掃廁所。大家同心合作，為的是不願在蘇謐生病期間，因為缺少人手，另請他人來取代她的職務。

「這個位置，無論如何都得替蘇姨保留。」裘加說。阿桂一頭霧水，不知道那個老嚷嚷著「可怕鬼面、恐怖鬼面！」的女兒哪裡去了？

阿修這段期間都在為蘇謐忙碌：起早貪黑，煲湯、炒菜，送水果和補品，跑醫院像進自家廚房一樣頻仍！泳具店的生意幾乎都是託鄰居幫他照顧。

「這個阿修！當年照顧妻子還照顧得不夠？現在竟然還心甘情願跑去關心一個非親非故的陌生人！」

「就是說嘛！而且又不是什麼美嬌娘，那張臉……，不能怪大家喊她鬼面！」

鄰居間蜚短流長，茶餘飯後頻嚼舌根。

阿修倒是吃了秤砣鐵了心。這條街上的人，他認識有大半輩子了。他們的閒言閒語他不怕，因為他知道：這是大夥兒閒來無事時的消遣，話被說得再難聽、事情被描寫得再誇張，都會像報紙的頭條，支撐不過三天，最多一個禮拜，大家就會漸漸失去興趣，習以為常。再說：別人怎麼說，關他什麼事呢？不了解他的人，又如何知道他內心的想法？遑論去理解他的感受了。

其實，就連他自己，都很難解釋自己的行為。他只知道：照顧蘇謐，給他帶來無限的滿足與喜悅。與其說是在侍候蘇謐，不如說在填補自己心裡一個缺了許久的空洞。沒錯，他也許很會照顧人；沒錯，他有累積多年看護病人的經驗。但是，這並不表示照顧任何人都可以；並不表示跟蘇謐這個人毫無關係。在蘇謐面前，他常常不知不覺就談起往事，把心裡的遺憾、愉快或不愉快的事情——一些他絕不會跟左鄰右舍、認識幾十年的人聊起的事——統統傾倒出來。怎麼說呢？就是那種允許自己成為透明人的甘願——沒有羞愧、沒有隱瞞。雖然不論他說什麼，蘇謐總是一副「船過水無痕」的表情。但是有時候，他從她顫抖的手指間，看出她的內心其實波濤洶湧！對她，他感到完全的信賴。因此他一次又一次在經過陋巷時，刻意探頭查看，尋找和蘇謐單獨相處的機會。

同時，他也從蘇謐孤傲的姿勢，和時而僵硬、時而柔軟的臉上，看到深刻的倔強與孤單。他覺得他了解蘇謐；至少，他願意去嘗試。

臉上的傷疤算什麼呢？難道不值得大家同情嗎？現在，她為了救人，搞得自己呼吸困難、咳嗽連連，連睡一個好覺都成了極大的奢侈。只有極少的機會，阿修得以凝視蘇謐沉睡疲憊的臉。他似乎看得見那層燒壞的表皮後面，曾經有過的光滑面容與美麗臉龐。雖然在阿修探病時，蘇謐從來沒有睡超過兩個小時，但是坐在床邊，阿修竟然會懷念蘇謐講話的聲音。有時候，他甚至因為害怕蘇謐可能會一覺不醒，而突然陷入無法承受的深沉恐懼當中。

泳具店的生意變得毫不重要、無足輕重了。阿修要的，是蘇謐趕緊恢復健康。所以他不辭辛勞，每天挖空心思做好吃營養的飯菜，帶去醫院給蘇謐。尤其在偷聽到蘇謐跟裘加透露有關臉上傷疤來源的「秘密」之後，阿修非但沒有被嚇走，反倒覺得自己跟她更靠近了。

「我就知道一定另有隱情，果然是個傷心的內幕。」他記得自己站在病房門口暗自地想。「可憐的女人，折磨啊！」

蘇謐住院這段期間，對阿修來說，像是上天特別安排給他們倆兒獨處的機會。不同於以往在陋巷中的談話，現在他們兩個都不須注意時間、匆匆忙忙，也用不著顧慮外面經過的人投來異樣的眼光。在醫院裡，他可以靜靜地看著睡夢中的蘇謐，思忖她的經歷、掙扎。即便她醒了，阿修也可以餵碗湯、削顆蘋果，為她做點事。

蘇謐一直沒說什麼（或許她知道阿修趕也趕不走？）。但是有一次，當她從睡夢中醒來，看見阿修正好在整理床頭櫃上的鮮花。她懶懶地對阿修笑了一下。這笑，竟然讓阿修開心了一整天，因為他不記得曾經看過蘇謐這樣的笑容。

出院那天，阿修開了他那輛很少用的老福特來接蘇謐回家。他幫她把裝著換洗衣物和住院用品的袋子提上閣樓。

「說真的，妳的房東真摳！這樣的房間也好意思出租，賺黑心房租！」他環顧那間簡陋的閣樓。

「我覺得沒什麼不好。」蘇謐說。

「通通風，比較涼快。」阿修把窗戶打開。隨即想幫蘇謐把袋子裡的東西歸位。

「我來！你不用忙了。」蘇謐阻止。

「哦，好！」阿修兩手拍拍、插在腰上。「需要什麼，盡管跟我講。」

「謝謝……阿修，勸你最好離我遠一點。我這個女人，不是你可以招惹的。」坐在床沿的蘇謐突然嚴肅認真地說。

「我不怕。」

「你不懂……你不知道……」

「我知道！」阿修插嘴道。

蘇謐驚訝地抬起頭。

「你知道什麼？」

「妳跟裘加在醫院說的，我都聽到了……不是故意的，我正好要進病房，在門口瞧見裘加專注的神情……這孩子，我看她向來都是一副『天塌下來有別人頂著』、『干我屁事』的樣子，從來沒看見她這麼專心過，那麼在意，而且是跟妳在一起……那種感覺很奇怪，好像發生了什麼重大事件，所以我……我的耳朵就跟著拉長了……」

「所以你知道我是一個多麼可怕的女人！」

「不要這麼說！妳放心，我沒有說出去。我……不介意……。」

蘇謐看向窗外，微風輕拂著她的長髮。她起身把抽屜裡的木製盒子拿出來，抱在胸前。

「這是我的孩子……他們留下的唯一東西……宇銘還有三個月就完成牙齒矯正，他好期待……宇麗的這件衣服是新買的，那天她第一次穿，大家都說她好漂亮……結果，」蘇謐淚流不止，說不下去。

阿修過去摟著她的肩。

「結果我這個做媽的，竟然……！」

「噓、噓，好了、好了。」阿修安慰說。

「我控制不住自己的情緒，開車橫衝直撞。是我害死他們的！」蘇謐猛然去抓自己臉上的傷疤。「為什麼我不跟著死掉?!」

阿修抱著蘇謐，自己的眼眶也紅了。他正想開口說些安慰的話，蘇謐卻一把將他推開。

「我不要你的同情！你看我的臉，可怕吧！可是，更可怕的，是我的心，那裏的黑暗，你完全不曉得！」

「蘇謐，妳聽我說，」阿修抓住蘇謐的雙肩，雙眼正視她。「妳想我比妳好嗎？沒錯，我沒有開車肇事，但是，我也曾經對不起人。」他用食指用力指了指自己的腦袋，「這裡面，也有很多不可告人的想法，骯髒透頂！妳看見我手上的這個婚戒了沒？這就是給我的懲罰和提醒。說來丟臉，這戒指還是我前妻買的。阿竹為了我們的那間店，把她當年帶來的嫁妝全部投下去了，每天天還沒亮就起床，店前店後地忙和。我假裝要找新產品，坐在電腦前一動也不動。事實上，我都在偷看色情網站！阿竹不知道我對初戀女友念念不忘，花了大量時間猛上網孤狗、追蹤她的消息。這麼多年，全部都是阿竹一個人在照顧家計。我在懷疑，她的病，根本是操勞過度、累出來的。現在，她人走了，這個拔也拔不掉的戒指，變成一個烙印了！阿竹對婚姻是認真的，戴婚戒是她的主意。她喜歡看電影，尤其是國外的影片。她最大的心願之一，就是和我出國旅遊，去地中海玩。這麼一個簡單的心願，都被我罵神經病！幾十年來，從沒帶她出國過。她大概從電影裡發現西方婚禮的作風，什麼白紗、捧花、教堂典禮的，那些我們都來不及了——那時候我們都結婚十幾年了。但是婚戒，她認為還可以補上。我又罵她神經病、頭殼壞去！我說我們這種每天幹粗活的人，戴上純金、又有刻花的戒指，豈不可惜？不要亂花錢！我不肯花錢，她就自掏腰包，買了兩枚K金的，說什麼都要我戴上。現在她走了，我戒指也拔不下來了。妳說這不是懲罰是什麼？」

蘇謐不答腔。

「我想說的是：妳有愧咎，我也對不起人，我們都不是聖人。我不覺得自己比妳高尚，妳也用不著在我面前抬不起頭來。」

「好了，阿修！」蘇謐說，「我累了。這些，我承受不住……」

「對不起！妳剛出院，我不應該說這麼多。好好休息，老張要我帶話，說妳可以在家多待兩天，民宿那邊他們張羅就行。」

說完，阿修輕輕關上門，沉重地走下樓梯。

十三 靠近

大學攝影社公佈攝影比賽的得獎作品，一幅幅黑白照片掛在學生活動中心的長廊裡。王崇輝的名字出現了三次：首獎及兩個佳作。

其中一張，是一個長髮女孩的背影，夕陽下的淡水海邊。

「我怎麼不知道你有拍這張？」裘加的聲音突然從身後傳來，讓正在幫忙整理照片的崇輝吃了一驚。

「是妳?!」

「換我嚇你了吧？」裘加故做輕鬆，眼睛沒有離開照片。「當然不可能知道。你不講，我背上也沒長眼睛，哪曉得你按下了快門！」

「我自己也忘了。是為了參賽，整理作品時才發現的。」崇輝說。

「拍得挺好的嘛！得了佳作，得謝謝模特兒吧？」裘加這才轉頭看崇輝。

崇輝摸不清裘加的來意。自從那次因為他的不請自來，倆人在墾丁上演令人臉紅的通俗肥皂劇之後，崇輝就學會識相，不再去做討人厭的不速之客。他愛裘加，不想害她染病住院，更不願麻煩蘇姨、在眾人面前丟臉。裘加要自由、要時間的意願他懂了，即使思念之情像未熟的葡萄柚，苦得令人難以下嚥，他還是竭盡所能忍著。去醫院看蘇姨之後，知道她漸漸康復，他便趕緊回台北，不願再給裘加任何大發雷霆的機會。

現在，她自己找來，為什麼呢？

「有空嗎？請你去喝杯咖啡。」裘加問。

「我……恐怕走不開。」崇輝回頭看看攝影社的同學，大家都在忙著整理展覽會場。「這些照片必須在中午以前掛好，他們需要我。」崇輝說。

「那，在這裡說也行！只要五分鐘。」裘加語氣很鎮定。

崇輝心裡有不祥的預感：她來提分手了！那姓陳的學長近水樓台，成功地橫刀奪愛了！不過，裘加畢竟還有點良心，沒有寫一封簡訊，簡單地說拜拜。至少，她還親自來了，不是嗎？

站在活動中心一大片玻璃牆前，外面的陽光強烈。裘加背對著窗，臉在自己的影子裡。「崇輝，對不起！我……我對你的態度很糟。」裘加鄭重其事地說。

「分手前的安慰藥丸？來吧！說妳要放棄這段感情，說妳愛上了學長，說你們的興趣相投，說我們兩個不適合……。」崇輝做好心理準備。他的表情像個正要上戰場的士兵，準備戰死沙場！

「你不要笑。要笑也隨你。這話我一定要說，不說會良心不安。」裘加不再吞吞吐吐，說話的速度快了起來。「我自以為了不起，認為自己比你優越，值得更好的。對你……，對不起，其實，我沒什麼好驕傲的。請你原諒我。」

崇輝一時反應不過來，他還在等裘加投下那顆分手炸彈；他不能軟弱下來，一軟弱下來，他怕眼淚就會不聽使喚。

「我們重新開始，好不好？」裘加說。「再給我一次機會。」

什麼?!崇輝的下巴幾乎掉了下來。不分手了？她不離開我了?!

崇輝死命地眨眼，該死的眼淚，竟然還是流了下來。

他趕緊低下頭，抓耳撓腮。隨即，突然像被野狗咬了一口，他用力捏自己的手。

「你幹嘛啊？」裘加大叫。

「確定我不是在做夢！」崇輝抬起頭，深情地望著裘加。

「我從來就沒想過要放棄，我想妳都快想瘋了！」他突然哽咽，然後，倏地一把將裘加緊緊擁抱入懷。

十四 曙光

蘇謐的身體恢復緩慢，即使出了院，頭痛、昏眩還是不時出現。到了五月中，她大致可以重操受傷之前百分之八十的工作。偶爾在提水拖地時，蘇謐忍不住咳個幾聲，老張就會趕緊過來把拖把搶走，派她出去透透氣。

「走、走！地髒一點沒關係，又不是要去舔！」

蘇謐知道老張的好意，那就出去吹吹風吧！

自從她救人的壯舉在墾丁這個小地方傳開之後，路上竟然開始有人跟她點頭微笑，打起招呼！大家對她不再有如看到毒蛇猛獸一般，退避三舍。這個神祕的女人現在多了一些異國情調：她竟然會說外國話！而且是連跳猛男秀的美國佬都聽不懂的艱深的外國話！

即使如此，蘇謐仍然無法像正常人一般，和街房鄰居打成一片。但是說也奇怪，自從在醫院裡把多年前的悲劇說出來之後，她覺得整個人輕鬆許多；像減去了十幾公斤的體重，肩上的擔子輕了一點，心裡的負擔少了一些。她仍然會去陋巷裡，但是與其說是為了躲避路人的目光，倒不如說是一種習慣。

她邊走邊點煙。快到巷子的中間時，才赫然發現：怎麼今天走起來這麼順暢，不用一路躲狗大便和黃痰？她不禁回頭瞧瞧、再向前看看。怎麼?!這條巷子，竟然變得如此乾淨，像是被人用仙女棒一點：南瓜變豪華馬車、老鼠變駿馬了！

就在蘇謐滿心驚奇之際，阿修走了進來。蘇謐看見他臉上的微笑，頓時恍然大悟：是他！除了他以外，誰會在意、或是注意到這個燻臭不堪的窄巷？

「這樣抽起煙來，也比較舒暢，不是嗎？」阿修走到蘇謐身邊，開心地說。「不過，醫生說為了保肺，還是把煙戒的好！」

「謝謝你的關心。我的事，你少管為妙！」蘇謐一手叉腰，另一手舉高雲霧繚繞的香煙，臉上參雜著抵抗與感激的複雜表情。

「你抽『長壽』吧？這些生意人真沒良心！抽煙有害健康，還取這種名字，真是么壽喲！」

「你別管我！」蘇謐嚴肅起來，把手上的菸蒂用力一丟，轉頭想走出巷子去。

「等一下！」阿修抓住蘇謐的手臂，語氣一轉，正經地說：「難道不應該好好照顧自己的身體？」

「對罪孽深重的人來說，只不過是行屍走肉。這軀體，不要也罷！」蘇謐不以為然。

「都過去了！繼續折磨自己能挽回什麼呢？」

「你不懂！」蘇謐的淚水在眼眶裡打轉。「該死的人是我！宇宇和小麗何辜？年紀輕輕就被我毀掉了！」

「不要再折磨自己，原諒妳自己吧！」阿修懇求。

「我不可原諒、不可原諒！」蘇謐大吼。

「妳這樣，日子怎麼過下去？」

「我好想知道他們現在在哪裡、過得好不好？我想親口跟他們說：『對不起！』」

「我知道、我知道！」阿修試著安撫。

「你擔心我的肺？但是你知不知道：良心的譴責像千斤重擔，壓得我喘不過氣、睜不開眼，比煙燻的肺、火燒的臉更加難以承受！」蘇謐像在哀求。「有沒有什麼人、什麼神，可以幫我洗清罪孽，重新開始？」

「我不知道……但是，蘇謐！我願意和妳一起去尋找，只要妳不嫌棄……」

蘇謐的心被阿修的淳樸真誠觸動了。她幽幽地說：

「以前在德國時，有人跟我說過上帝，說神愛世人、為我們而死，好讓我們得著永生。那時我嗤之以鼻，心想：『誰稀罕？誰需要啊？』而且我是學科學的，怎麼能吃回頭草，去信什麼神明？但是……現在……阿修，書讀得再多有什麼用？知道細胞怎麼分裂、怎麼運作，卻無法解釋生命打哪來、往哪去！不知道人生的意義，更不懂生、死是怎麼一回事！」蘇謐像在自言自語。「如果真有一個上帝，真有所謂的救贖，也許……也許我就還有希望？你說是不是？」

「一定的、一定的！」

蘇謐正眼認真地看著眼前這個被自己搞得手足無措的男人。

「你幹嘛對我這麼好？」

「我……」阿修自己也說不清。

「你知道：我沒有愛人的能力——我根本不懂怎麼去愛！」蘇謐像在警告。

「妳以為我懂嗎？但是我願意去學、去嘗試……為什麼不給自己一個機會呢？妳放心，我對妳沒有任何要求，只希望和妳做朋友。將來不論發生什麼事，我都願意盡力照顧妳。妳見多識廣，誰知道呢？也許有一天，妳會願意帶我這隻井底之蛙去看看別的世界？」

蘇謐抹掉臉上的淚痕，領受阿修溫柔善良的目光。低下頭，靦腆地，她終於笑了。

少年文學33　PG1511

鬼面

作者／區曼玲
責任編輯／林千惠
圖文排版／周政緯
封面設計／王嵩賀
出版策劃／秀威少年
製作發行／秀威資訊科技股份有限公司
114 台北市內湖區瑞光路76巷65號1樓
電話：+886-2-2796-3638
傳真：+886-2-2796-1377
服務信箱：service@showwe.com.tw
http://www.showwe.com.tw

郵政劃撥／19563868
戶名：秀威資訊科技股份有限公司
展售門市／國家書店【松江門市】
104 台北市中山區松江路209號1樓
電話：+886-2-2518-0207
傳真：+886-2-2518-0778

網路訂購／秀威網路書店：http://www.bodbooks.com.tw
國家網路書店：http://www.govbooks.com.tw
法律顧問／毛國樑　律師

總經銷／聯寶國際文化事業有限公司
221新北市汐止區康寧街169巷27號8樓
電話：+886-2-2695-4083
傳真：+886-2-2695-4087

出版日期／2016年6月　BOD一版　**定價**／240元
ISBN／978-986-5731-55-7

秀威少年
SHOWWE YOUNG

國家圖書館出版品預行編目

鬼面 / 區曼玲著. -- 一版. -- 臺北市 : 秀威少年,
2016. 06
面； 公分
ISBN 978-986-5731-55-7(平裝)

857.7 105006329

讀者回函卡

感謝您購買本書，為提升服務品質，請填妥以下資料，將讀者回函卡直接寄回或傳真本公司，收到您的寶貴意見後，我們會收藏記錄及檢討，謝謝！
如您需要了解本公司最新出版書目、購書優惠或企劃活動，歡迎您上網查詢或下載相關資料：http:// www.showwe.com.tw

您購買的書名：________________________________

出生日期：________年________月________日

學歷：□高中（含）以下　□大專　□研究所（含）以上

職業：□製造業　□金融業　□資訊業　□軍警　□傳播業　□自由業
　　　□服務業　□公務員　□教職　□學生　□家管　□其它_____

購書地點：□網路書店　□實體書店　□書展　□郵購　□贈閱　□其他

您從何得知本書的消息？
□網路書店　□實體書店　□網路搜尋　□電子報　□書訊　□雜誌
□傳播媒體　□親友推薦　□網站推薦　□部落格　□其他__________

您對本書的評價：（請填代號　1.非常滿意　2.滿意　3.尚可　4.再改進）
封面設計____　版面編排____　內容____　文／譯筆____　價格____

讀完書後您覺得：
□很有收穫　□有收穫　□收穫不多　□沒收穫

對我們的建議：________________________________

____

____

____

請貼
郵票

11466
台北市內湖區瑞光路 76 巷 65 號 1 樓
秀威資訊科技股份有限公司 收
BOD 數位出版事業部

（請沿線對折寄回，謝謝！）

姓　名：＿＿＿＿＿＿＿＿　年齡：＿＿＿＿　性別：□女　□男

郵遞區號：□□□□□

地　址：＿＿＿＿＿＿＿＿＿＿＿＿＿＿＿＿

聯絡電話：(日) ＿＿＿＿＿＿＿＿ (夜) ＿＿＿＿＿＿＿＿

E-mail：＿＿＿＿＿＿＿＿＿＿＿＿＿＿＿＿